不丹十日

世界上『最接近幸福的地方』，
一生心念念必去的远方

曹景行 / 著

北京理工大学出版社
BEIJING INSTITUTE OF TECHNOLOGY PRESS

图书在版编目（CIP）数据

不丹十日／曹景行著 . —北京：北京理工大学出版社，2017.7
ISBN 978-7-5682-3970-7

Ⅰ．①不… Ⅱ．①曹… Ⅲ．①随笔—作品集—中国—当代
Ⅳ．① I267.1

中国版本图书馆 CIP 数据核字（2017）第 068187 号

出版发行／北京理工大学出版社有限责任公司
社　　址／北京市海淀区中关村南大街 5 号
邮　　编／100081
电　　话／（010）68914775（总编室）
　　　　　（010）68944990（批销中心）
　　　　　（010）68911084（读者服务部）
网　　址／http://www.bitpress.com.cn
经　　销／全国各地新华书店
印　　刷／北京朗翔印刷有限公司
开　　本／880 毫米 ×1230 毫米　1/32
印　　张／6.25　　　　　　　　　　　　　责任编辑／卢艳霄
字　　数／200 千字　　　　　　　　　　　文案编辑／卢艳霄
版　　次／2017 年 7 月第 1 版　2017 年 7 月第 1 次印刷　责任校对／周瑞红
定　　价／38.00 元　　　　　　　　　　　责任印制／边心超

目录

虎穴寺风光

不丹，梵文的意思是"西藏的边陲"，当地人自称"竺域"，意为"雷龙之地"。不过今天从中国去不丹，要绕个大圈子从它的南边飞进入，我们借道曼谷。

最早知道不丹是读书时上地理课，要背出四周邻国的名字和位置。从此牢牢记住中国和印度之间有三个小国，从西向东排列为尼泊尔、锡金和不丹。后来，到 1975 年，面积最小的锡金作为一个国家在地图上消失了，变成印度最小的一个邦。据说此事对不丹有很大的影响，所以它到今天还是一个独立的国家。

　　过去很少见到有关不丹的新闻，直到 2008 年旺楚克五世正式即位。记得当时首先关注到的是他才 28 岁，1980 年生人，当时有媒体称他为世上第一位"80 后"的国家元首，让我们这些年近花甲的"40 后"深感岁月催人老！直到 3 年之后，咱们东边邻国也出了一位"80 后"领导人，同旺楚克五世即位时年龄一样大，不过那是另一种类型。

　　这 10 年不丹有了很大变化，特别是改行君主立宪制，还让世界都知道不丹是 GNH（国民幸福总值）特高的国家。对咱们中国人来说，比不丹人自我宣扬更有说服力的，是 2008 年 7 月刘嘉玲和梁朝伟到不丹举办婚礼，带去一大帮亲朋好友，通过媒体让华人世界前所未有地关注起这个幸福的山地小国。据说此事为不丹方面主动建议，而且承担了婚礼的千万港元开支。此说如实，那真可以视作当今世界上最成功的国家公关行为。今天去不丹的中国人，估计多半也是因为那场婚礼，才会产生去那个封闭的山地小国感受一下的兴趣。

　　我的香港凤凰卫视老同事郭方这样说："知道不丹这个国家是因为港星梁朝伟和刘嘉玲的婚礼，因为俺是梁朝伟的铁粉。但引起我对不丹的兴趣却是因为年轻英俊的第五任国王——吉格梅·基沙尔·旺楚克和他所推动的幸福指数政策。"我也一样，

经幡

但更是因无知而好奇，甚至带着怀疑心态，因而更加向往。

出发之前，我对不丹唯一的直接印象，来自五年前的印度之行。那天在比哈尔邦的佛教圣地那烂陀遗址拍摄旅游卫视的节目，见到红砖废墟中有十来个参观者穿着与别人不同，颇为醒目，有点像咱们西藏人的袍子，但更加素雅整齐；上下都干干净净，尤其与周边的印度人相比。一问才知道他们来自不丹：莫非那真是一个特别幸福的国度？

所以，当我知道有机会同众信奇迹旅行去不丹旅行，片刻犹豫都没有就答应下来。何况又是去过农历新年，就如众信的冯总所写"穿越千年古刹，避世活佛加持赐下安详祝福；歌舞与篝火，美食与新春，为新的一年许下美好祝愿"。身体能行吗？应该没问题，过去一年都在外面跑来跑去采访、拍摄，不会更累吧。

也因此更加注意不丹的新闻，新浪微博上也时有有趣的信息。比如说美丽的王后怀孕了，应该就快临盆，而且是男孩，也就是未来的旺楚克六世。又比如说那儿下了这个冬天的第一场雪，政府按规定宣布全国放假一天赏雪，真是太幸福了。远在日本的央视记者王梦去过不丹，她提醒我"下了雪可能会上不去虎穴寺"。虎穴寺？非去不可？

同时出发的有两个团，都在曼谷会合，分别搭乘两班飞机去不丹，因为订不到这么多机票。我们这一团 11 人来自各地，职业背景也很不相同，但有一点都一样，那就是对不丹的向往和好奇。

山景

Day1

启程

出发前听说不丹帕罗国际机场被美国国家地理杂志网列为全球最危险的7个机场之一，世界上只有8名受过特别训练的机长可以在那儿降落。

帕罗机场

去不丹容易不容易？据说不容易，但这次在那儿一个星期里面，我就前后两次遇到朋友，来自香港的凤凰卫视老同事郭方，还有来自北京的复旦大学老同学童女士，上海老乡也撞到好几拨，可见去的人还不算少。过去一直听说，不丹为了保护自己国家不受外界干扰影响，严格控制外来游客人数，每年为5000人，也有说6000、10000人，各种讲法不一。实际情况不完全是那么回事。

据《中外对话》记者扎西多吉2012年7月发自不丹首都廷布的报道，不丹从1974年开始对外开放旅游，当年游客总数为287

人次，到 2008 年已近 3 万人次；2011 年，不丹的游客总数达到 64 000 人次，比上一年增加了 56%，创下了历史新高。其中，应该以周边的南亚国家游客居多，尤其是印度人进出最为方便。

中国人去不丹还是不那么容易。首先是办签证，因为不丹至今没有同中国建交，是咱们四邻中唯一没建交的国家。不仅如此，它同另外四个联合国安全理事会常任理事国也都没有建交。1949 年，印度就同不丹签订了一份《永久和平与友好条约》，规定不丹的外交要接受印度的指导，等于承认印度接替早先英国"指导"不丹外交的特殊地位。永久哪！

所以，国人要得到不丹旅游签证，除了找与那里有合作关系的几家指定旅行社，没有别的办法。但也不算太难，不像有些国家，非要一一面谈。

可参考以下资料：

中国与不丹没有外交关系，不丹在华没有使、领馆。中国政府官员因公访问不丹及申办公务签证事宜，可通过不丹驻印度、孟加拉国、泰国、科威特使馆或不丹驻联合国（纽约、日内瓦）代表团联系和安排。因私去不丹访问或旅行的中国公民须通过不丹政府授权的不丹国内的旅行社及其海外合作旅行社代为办理签证。签证申请由旅行社送交不丹政府内政部审批，审批时间约需一周。签证申请获准后，由旅行社代订机票、旅馆和安排旅行日程。

去不丹不怎么容易，还因为每天进出那儿的航班不多。我们去的时候不是旅游旺季，每天各四五个国际航班，分别由不丹皇家航空公司和规模更小的不丹航空公司经营。由于航班少，而且还要经由泰国的曼谷、印度的新德里或加尔各答、尼泊尔的加德满都等地转机，常常一票难求。可以说，每年有多少外来游客能够进入不丹，首先取决于飞机的航班数和座位数。

至于这次我们的签证是如何办理的，往返的机位又是如何订到的，大概只有众信奇迹旅行的朋友说得明白。

有了签证和机票，我们就可以启程了。出发前听说不丹帕罗国际机场被美国国家地理杂志网列为全球最危险的7个机场之一，世界上只有8名受过特别训练的机长可以在那儿降落。这个说法叫人有点担忧，后来又知道不丹航线准点率很高，也没出过什么事，应该可以放心吧。

其实，帕罗机场起降难度高，主要不是因为气象条件，而是由于机场唯一的跑道太短，不到 2 000 米，不仅不能承受大型客机，就连中型飞机如空客 A319 也需要驾驶员有特别高超的驾驶技术，起降全靠目测。机场建在窄小的河谷盆地中间，跑道两头不远就是山岭和群峰。可这是不丹唯一一座国际机场，1999年开始使用。据说之前是印度军方临时机场，20 世纪 70 年代修建。

到了帕罗，找一个居高临下的地方观赏机场飞机起降，也算是一个难得的旅游项目。只见飞机盘旋下降时，驾驶员刚发现跑道位置，马上就要俯冲着落；起飞时，机头刚拉起没几秒就要调整方向，找准前方山谷中的航路飞越群峰。这时你一定会想到，驾驶飞机的就是那 8 位好汉中的一位。

喜马拉雅山麓峰高谷深，飞机常常遭遇气流颠簸。不过也要看运气，我们飞不丹的 2 月 4 日为大晴天，进入喜马拉雅山麓后，大家都被窗外的雪山雄姿吸引，没感到有什么剧烈的气流，飞机降落也平稳顺利。但《人民日报》社记者廖政军的感受就不一样。

廖政军是我在清华大学教书期间的第一位助教，后作为《人民日报》记者派驻印度 4 年。他于 2010 年初夏到不丹去报道南亚区域国家联盟首脑会议时，就遭遇了强烈的颠簸，以至于萌

帕罗国际机场

生出"下次去不丹一定要走陆路"的念头：

① 一次恐怖的不丹帕罗机场降落过程，几乎抵消了我对这一神秘国度发自内心的喜爱。

那是 2010 年的春天，我仍身驻印度，有幸受邀赴不丹首都廷布采访第十六届南亚区域合作联盟峰会，简称"南盟峰会"。这可是不丹建国逾百年来首度承办如此重要的国际盛会。

为显诚意，不丹国王当时特令暂时对外国游客关闭国门，仅允许会议相关人员入境。后来得知，光是成员国参会代表团和各国媒体就来了近两千人，如此庞大的人数对于每年接待规模不足万人的弹丸之地而言，可谓"不可承受之重"。

和当时许多人一样，我也是头一回踏访这样一处"世外桃源"，但或许有一点不一样的是，已在印度生活过一段时间的我，对不丹的情况早有耳闻。我在德里有一位律师朋友，恰巧他的伯父曾是印度派驻不丹王国的特命全权大使，从他口中，我获得了关于不丹的最初印象，那便是"神秘、美丽、纯净"。但我的心中总有这样一个疑问：一个喜马拉雅山脉深处、政教合一、崇尚"国民幸福总值"胜过 GDP 的"雷龙之国"，到底如何能与地缘政治、全球化、世俗化，以及环境保护和可持续发展等全球性问题交手，又能否胜出？

---

① 节选自廖政军的文章《从天而降》。

不过，在探讨这些问题之前，我还是来讲讲那次恐怖的降落体验。由于地域限制，不丹全国只有一个帕罗机场，距首都廷布大概65公里①，两个城市之间拥有该国最牛的一条所谓"高速公路"，开车怎么着也得一个半小时以上。号称"世界上最小机场"的帕罗机场建在山谷之间，海拔7 300英尺②，曾被英国《卫报》评选为"全球八大最危险机场"之一。

僧人

① 1公里 =1 000 米。

② 1英尺 =0.304 8 米。

记得我与一群媒体同行一起登上一架不丹皇家航空公司的ATR42型双螺旋桨飞机，飞机从印度加尔各答机场起飞，飞行时间大约1个小时。据悉由于机场险峻，加上培训跟不上，该航空公司机师主要以外聘为主，我们当天所乘坐的航班的正机师就是一位金发碧眼的丹麦帅哥。当我正与旁座的印度记者闲侃时，不知不觉，机上广播里传来丹麦帅哥的声音，原来飞机已接近帕罗，准备下降。这时，飞机窜进了一堆棉花糖式的云朵里，受气流影响开始颠簸。对于长年奔走、久经考验的我，这样的颠簸并不算什么，可是，就在我想掏出手机拍朵云彩时，一次持续的紧急拉升，紧跟而来的是急速下降，过程犹如失重，使原本嘈杂的机舱内顿时鸦雀无声，我的手机也被我紧紧攥在手心里。

这还没完，在几次拉升与下降之后，飞机有种戛然刹车的感觉，随后来了个90度空中大转弯。此时，我也听见机舱里女生的尖叫声。要说还是印度朋友见过大世面，只见我身旁的印度记者跷着二郎腿，正泰然自若地读着他手中那份《印度时报》，听到尖叫声，他嘴角还有几分不屑。经过几分钟，又或许更长时间的折腾，舷窗外终于出现了山谷的形状，几束光穿透云层，好似山谷间长出的刺。1000米、800米、400米、100米、50米……飞机终于平稳地降落在帕罗机场的跑道上，此时机舱内响起一片掌声。但也有人惊魂未定，誓要向机师讨个说法。后来，听有经验的人提起，由于机场坐落在山谷之间，所有航班都需采取目视飞行规则的方式降落，碰上多云大风天，飞机需要在快速的下降过程中进行方向调整，才有了如此吓人的体验。无论如何，当双脚踏上地面时，我深深地吸了口清凉的空气，一种前所未有的踏实感顺着血管淌遍全身。

或许，这便是不丹送给我的一个难忘的见面礼。可气的是，身边许多到过不丹的朋友都未曾"如此幸运"地收到这份"礼物"。

再来赘述一点，从境外进出不丹通常有两个选择，陆路或空路。选择陆路，需取道印度，一共有两个陆路口岸，一个是位于西南部，与印度西孟加拉邦接壤的庞措林，另一个是位于东南部，与印度阿萨姆邦交界的萨姆德鲁·琼卡尔，但只有前者是唯一对国际游客开放的陆上边境通道。不丹基础设施欠修，因此无论选择上述哪条路，从口岸到内陆，没个一两天，都难以走完。于是，飞机成为人们进出不丹最主要的交通工具。当年，不丹航线几乎都被不丹皇家航空公司 Druckair 垄断，据说现在新成立了一家不丹航空公司 Bhutan Airlines。当然游客还可经由加德满都、曼谷和德里中转。

在不丹皇家航空的飞机上俯瞰喜马拉雅山

Day2

中停印度

我们搭乘的不丹皇家航空 Drukair 的 KB141 航班，尾翼上的图案是一条金色的飞龙——不丹国徽为『雷龙』。所有进出不丹的飞机都要在印度的某个机场中停加油。

　　我们搭乘的不丹皇家航空 Drukair 的 KB141 航班，尾翼上的图案是一条金色的飞龙——不丹国徽为"雷龙"。大清早 7 点不到从曼谷起飞，飞了大概两个小时就开始下降，四周灰蒙蒙的天空，灰蒙蒙的机场，不见青山绿水。这是不丹？空姐回答说："我们现在中停印度一个边境城市，过一会儿再飞不丹。"怪不得。

　　这个中停的印度城市叫 Guwahati，距离不丹东部边界大约 70 公里，而我们要去的不丹帕罗国际机场却在不丹最西边。干

帕罗机场航站楼

吗要这么折腾？何况中停时我们就留在飞机上原座休息近半个小时，也没见几个乘客上下。到了不丹问导游，才知道其中原委。

　　一句话，所有进出不丹的飞机都要在印度的某个机场中停加油。不丹没有石油，汽油、柴油等燃料油都要靠印度供应，加上运费，价格一定贵许多。为了省钱，航空公司就在印度中停时加满油，从不丹回程时就不需要再加油。我们中停 Guwahati 还算方便，另一团朋友搭乘晚一些的不丹航空的飞机，中停加尔各答，那就更远了。

帕罗机场不丹皇家航空 Drukair 的 KB141飞机

由此也想到，印度实际上控制着不丹的石油供应和销售，一旦两国间闹出不愉快的事情，王牌一定捏在印度手里。2015年秋天，不丹的近邻尼泊尔就遭遇到这样的危机：

　　① 尼泊尔近日通过新宪法，然而由于未能满足由印度支持的南部印度裔少数民族"单独成邦"的要求，9月21日，印度发表了态度极其强硬的声明，不加修饰地表示了对新宪法的不满，甚至重点强调："我们的运输公司和工作人员由于当前尼泊尔南部不稳定的局势，安全得不到保障。"要求尼泊尔领导层重新考虑如何在新宪法上取得"最大的共识"。

　　9月22日，由于害怕印度切断汽油供给，加德满都部分市民出现恐慌情绪，在尼泊尔警察总部加油站门前加油的人排起了长龙。为保证更多人能够加油，部分加油站给一辆车一次最多加油1500尼卢比（约100人民币）。

　　警方向记者表示，为了缓解紧张情绪，尼泊尔政府已调集数百台油罐车明日赴加德满都保障汽油供给。

　　后来事态的发展是，中国从陆路向尼泊尔提供1000吨燃油，帮助它暂时度过油荒。中国此举也让印度开始担心尼泊尔会进一

　　① 　来源于金投原油网2015年9月23日讯。

步倒向中国。这一切，不丹当然会看在眼中，记在心中。实际上，2013年不丹举行君主立宪制以来的第二次议会选举时，已经被印度掐过脖子。

这年7月15日，新浪网上有这么一篇报道：

①"夹心小国"不丹13日举行民主制以来的第二次议会选举，反对党"人民民主党"压倒性胜出，击败执政党"和平繁荣党"。这引起印度一片欢呼，不丹政府"亲近中国"的苗头被掐断。《印度时报》称，印度总理辛格14日向不丹人民民主党领导人表示祝贺，印度将继续和不丹保持一种"特殊关系"。英国《金融时报》14日发文称，就在这场大选前，作为不丹传统盟国的印度宣布停止对不丹的家用煤气和柴油补贴，以表达对不丹执政党"亲近中国"的不满。

不丹选举委员会14日公布的选举结果显示，在47个议会席位中，人民民主党赢得了32席，和平繁荣党赢得15席。根据规定，获得议会过半席位即24席即可组织新政府，由此人民民主党组阁已无悬念——人民民主党领袖、现年47岁的Tshering Tobgay有望出任政府首相。

英国广播公司14日报道说，在不丹，大约40万人有资格

①　转自环球军事网。

帕罗机场航站楼内景

在这次选举中投票。在这个内陆佛教国家的历史上，这次选举是第二次。不丹国王旺楚克2008年自愿放弃绝对权力引进民主选举制度，当年举行的首次大选中，和平繁荣党获得了议会45席，而人民民主党只获得了2席。

"前总理出局，印度将继续与不丹维持特殊关系"，《印度时报》网站14日以此为题发文称，不丹虽是内陆小国，却具有战略意义，人民民主党在13日大选中获胜，有望尽快化解印度停止对不丹家用煤气和柴油补贴的僵局。报道称，印度总理辛格在给该党领袖Tobgay写信时称，他已要求印度官员就印度援助不丹计划进行讨论，辛格保证，印度将坚定不移地支持不丹，"现在以及将来，印度都会关照不丹的利益，在不丹社会经济发展中，印度是它的最佳伙伴"。

不丹与中国并无外交关系，但印度对不丹政府同中国的接触仍怀有高度戒心。《印度快报》14日报道称，现任不丹首相吉格梅·廷莱去年在巴西参加联合国可持续发展大会时曾会见中国领导人，这让印度非常不快。《印度时报》称，廷莱自任不丹"国民幸福形象大使"，将手伸向了北京，从而给印度敲响了警钟，此外，他与众多其他国家建立了外交关系，却不太相信印度。

美联社14日称，作为夹在中国和印度之间的国家，不丹长期依靠印度的援助，印度在不丹建设数个水电站，发电后卖给印度。《金融时报》称，6月底，印度中止对不丹的燃气补贴，导致该国燃料成本飙升，被认为是"绑架不丹大选"，而人民民主党则以此指责执政党。

由上文可见，指导者和被指导者、老大哥和小弟弟，关系大致如此。

不丹初印象

踏上不丹的土地，迎面见到的是候机楼前的巨幅画像：年轻的国王和靠在他肩头的美丽王后，用幸福的笑容来欢迎每一位来客。

2月4日那天我们一早到达曼谷机场,准时登上飞往不丹帕罗机场的飞机,正是太阳从雾气中露脸升起时。乘客都登机了,机门却还没有关闭。不一会儿,一辆大巴开到飞机旁边,车上下来大人小孩5个,看来是一家子。比较特别的,是车上有两位穿军警制服的人向他们行军礼告别,所以他们应该是贵宾。

飞机上偶遇王妹

一男一女带着两个男孩,大的10岁左右,公务舱的第一排就是留给他们的。跟随的那个带着手提行李,好像有电饭锅等,坐到后面的经济舱。问空中小姐他们是谁,回答说是"王妹",声音中听不出有什么惊喜或神秘,似乎经常遇到。

如此贵宾登机,并没有什么特别的保安检查措施,对其他乘客也没有任何影响。飞机起飞后王妹用手机给孩子拍照,也高高兴兴地与我们团里的一位女士合影。我想起之前看到的一条新闻说小王子快要诞生了,莫非王妹全家回国,就是为了迎接这位小外甥的出世?

  不丹到了。飞机在帕罗机场刚刚停妥，就看到外面有人在铺红地毯，迎接的人群已等在下面，其中有穿军警制服的，还有一位披着橙色披肩的僧人（应为中央寺院的法师）。王妹下了飞机舷梯与他们一一握手时，穿白上衣的大儿子已奔跑到前面，扑到一位中年女子的身上，紧紧搂在一起。离开时，他们仍然手挽着手，很是亲密。从礼遇来看，她应该不是他的外婆，不是王太后；而且，他的弟弟就一直跟在妈妈身边。我判断，这位中年女子可能是王妹大儿子的奶妈，从小带大，但最近好久不见。

  即使在冬天，不丹的高原阳光仍然灼人刺眼，有人为王妹打起遮阳伞，一起离开。这时，我们开始下机。踏上不丹的土

一下飞机就能看到的国王和王后照片

地，迎面见到的是候机楼前的巨幅画像：年轻的国王和靠在他肩头的美丽王后，用幸福的笑容来欢迎每一位来客。

机场大楼白色的墙，橙黄色的屋顶，挺漂亮。来自各方的乘客下了舷梯第一件事情就是拍照，自拍、他拍、互拍，一个人的、一家人的、一群人的，都为到达不丹而兴奋。楼内的出入境和海关大厅并不大，安安静静，一切都不快不慢地进行着，工作人员都细声细语，态度似乎比其他国家和善。

四周一切都很干净，厕所更是少见的洁白光亮。大厅里除了免税商店，还有不丹央行（BOB）换钱的店柜，但不见有几个人进去。在不丹通用印度卢比，当地货币努尔特鲁姆（BTN）也始终盯住印度货币，二者等值。另外也通用美元，我们在那儿的几天，大概是 1 美元换 66 卢比（不丹努）。

导游白马先生已经在机场大楼外等我们。上车后他的第一件事情是为我们每一位献上白色的哈达，这是我在不丹期间收到的近 10 条哈达中的第一条。我们得到的第一个消息是：小王子这两天就要出生，所有政府官员都随时待命。本来安排好拜访旅游部门官员，看来也不行了。

小喇嘛

电信局柜台上的公文堆

今天中国游客到了世界上任何地方，第一件事情就是上网。不丹能上网吗？行前我不抱奢望，以为即使上得了网，信号也可能质量很差，时断时续。没想到，从帕罗机场出来，导游带我们去做的第一件事情，就是进城到不丹电信公司办电话卡，解决上网问题。

电信公司的那栋小楼同周边的其他小楼很像，同不丹其他城镇的许多建筑也很像。如果没有屋后的铁塔和前墙的牌子，很难把它同电信行业联系起来。里面的柜台窗口堆着小山般的公文、账本一类的文书资料，让我立即想到印度官方机构所见。

　　这里办事倒还快，我们每人都按不同手机型号配上大小不同的电话卡，很快就可以上网了。好像是每人300努，大概人民币30元，不知道如何计算流量，反正一个星期后在帕罗机场候机室准备离开时，流量还没有用完。遗憾的是办早了一天，第二天我们每人的手机上都接到一条短信：不丹电信大赠送，充值100努送100努、充值1000努算2000努。这为的是祝贺小王子诞生。

　　电信局就在帕罗唯一一条大街的尽头，行人、游客和车辆都不多，因而显得还蛮宽敞。一路漫步前行，我们对不丹开始有了新的感觉："原来这儿还是挺开放的嘛！"首先是街头男女老少好些人手持手机，边走边讲或者边走边刷屏，尤其是年轻人。一个手机开始普及的国家，还会封闭吗？

在打手机的不丹人

街上的女孩

  街头男男女女都穿着当地的服装，男装叫帼（Gho），也就是袍子，女装叫旗拉（Kila），即短外套加长裙。服装的颜色都挺好看，干净素雅。为了保持国家的传统，国王规定所有国民上学、上班都必须穿上这种传统服饰。按照1991年的《国服法令》违背者会被罚款并拘禁一星期。

  国王以身作则，据说连射箭、踢球做运动都整整齐齐地穿着"帼"装，出现在老百姓面前。这应该同不丹的小国处境有关。正是1975年邻居锡金并入印度之后，不丹开始特别强调穿自己的服装、说自己的语言，突出自己不同于印度的文化特征，以维护国家的独立。

穿帼的男子

穿旗拉的女子

不丹的官方语言有两种。首先是当地的宗卡语，属于藏语的一种，为藏语群南部方言，书面语就是藏文；另一种官方语言为英文，相当普及，不丹人的发音也比较标准，至少听起来比印度人的英文舒服许多。

2016 年 3 月 22 日，日本外交学者网站刊登学者维沙尔·阿罗拉的文章，文中说："我曾经问一名不丹高官，为何不丹法律要求所有公民在办公室和公共集会中都要穿民族服装，而且所有建筑物都要遵循传统建筑风格？他对我说，不丹希望在文化上看起来与印度不同。他补充说，任何人都不要有'我们是印度一部

身穿旗拉的女子

分'的想法。"文中还说："当你踏入不丹边境城镇庞措林，这里与印度西孟加拉邦城镇邦贾伊冈毗邻，一眼你就能知道自己身处另一个国家。官员解释说，这种区别是有意为之的，不只是自然而成的。"

当今不丹王太后之一的多杰·旺姆·旺楚克曾说过：

① 我们曾谈起关于不丹政府对民众要求他们尽可能穿传统服装的话题。这是第三任国王在位时提倡的，要求全体公务人员、去政府办事的人员、学校师生在校期间正式场合都要穿本民族的服装。从小留学印度、一路上教会学校受西方教育长大的桑珠和他的同龄人，当时对此非常不理解，也非常反感。桑珠说，那时候他们这样的不丹青年，都喜欢西装领带，觉得穿中世纪的帼和旗拉是很落后的事情。

桑珠与同龄人当时同样不理解的，还有第三、第四任两位国王花费成百万的经费去维修那些破旧的宗堡，不丹各区政府和主寺所在地的建筑。但是由于国王的坚持，摄于国王的威严，他们也只好很不情愿地服从。然而，经过这些年的走南闯北，桑珠说，他明白了国王们这样坚持的道理。

---

① 节选自多杰·旺姆·旺楚克的著作《秘境不丹》。

　　"我们是一个小国。"桑珠说。按照不丹人习惯的说法，不丹是夹在印度和中国这两个庞然大物之间的一只"蚂蚁"。"印度给了我们很多钱搞建设，如果我们不坚持自己的传统特色，我们很容易成为别人的附庸。"看看已经被印度吞并的曾经的另一个喜马拉雅山王国锡金，就什么也没有留下来。而由于不丹人通过在所有正式场合保持穿自己民族服装的传统，来到不丹的印度人和其他国家的人，感到了不丹的不同，感到了不丹自己的气质，因而对这个小国不由得报以尊敬。

　　而且，桑珠说，来到这个国家的旅游者，都要去看那些有名的宗堡。如今，他对国王当年的决定已经非常理解了。他说，2008 年不丹王国百年庆典暨新国王加冕仪式时，成千上万不丹人穿着传统服装庆祝，在外国人面前展示了这个民族的传统和尊严，令他非常自豪。

　　由此可见，不丹服装上固守传统主要是为了自保，而不是思想保守。不过，今天街头行人的穿着已经比较多元，比较随便。有的青年女子穿上了羽绒短袄，也有的穿上运动衫——后腰四个醒目的英文字母 NIKE——但里面还是"旗拉"长裙。孩子平时的服装各种各样都有，大概除了上学，并没有什么严格的要求。

　　和其他地方差不多，不丹街头的女士也多与手提包分不开，

款式同外面流行的也差不多。对
面走过来的女子背着的白底色布
袋比较特别，上面用英文字印着
"2015 年 6 月 16 日，世界杯足
球资格赛，不丹队对中国队"字
样，还有不丹国旗和中国国旗。

我们知道，那场在不丹首都廷布
体育场举行的比赛，中国国家队
以 6 比 0 大胜由业余队员组成的
不丹队。

背着中国与不丹足球赛袋子的女子

　　这面小小的中国国旗，是我在不丹旅途里，第一次看到明
显的中国标识，也是唯一的一次。不仅因为不丹没有同中国建
交，更因为它的对外经贸关系绝大部分是同印度一个国家，别的
地方多不胜数的"中国制造"日用品，在这儿却不易发现，即使
有也是从印度转销来的。

　　有趣的是，与电视频道不同，这儿电影院放映的倒是不丹
自己拍摄制作的国产片。2016 年 1 月上映的那部电影名叫《THE
DREAM》，小题为"发现年轻人的梦想"。2015 年 11 月上映的
那部叫《SMS》，穿着不丹本地服装的男女主角头像分别显示在

电影广告

两部手机的屏幕上，背后却有一位老人的影子，或许讲的是现代与传统的冲突吧。

不丹还有一种开放，是别的地方少见的。帕罗街头出售工艺品商店的橱窗，大大方方展示着成排的木制阳具，而且就同佛像法器放在一起，带有神圣的味道。它们有不同式样、不同颜色，粉红色的居多，也有的五颜六色，上面还刻着一个或多个人脸、兽头，有的还带着火焰状的翅膀。这种生育崇拜的性开放，正是不丹传统文化中的一部分，此后的几天多有所见。

一个多小时的逛街，让我们对不丹更加充满好奇。午饭的时候到了，餐馆的饭菜没让我们产生多大的食欲，反倒是墙上挂着的王室全家福照片，引发了我们的高度兴趣。我们认出了上午同机而来的王妹，就是蹲在前排左起第二的黄衣女子，而在国王旺楚克五世和四世父子两边的是四世国王的四位妻子，现在已成为王太后的四姐妹。没想到，我们在离开不丹时，又会同照片中的另一位近距离接触。

　　四世国王娶了四姐妹为妻，这是王室历史中的一段佳话。而这张全家福中没有出现的另一位女子，也就是当今国王旺楚克五世的王后，又带出了 21 世纪不丹王室的一段佳话。总之，在不丹的几天里，总会听到关于王室的事情。

餐厅里常见的王室全家福

Day4

走向君主立宪制

经过改革的不丹政治体制与英国的君主立宪制相仿，但今天国王和王室的重要性仍然远胜于英国。在多数不丹老百姓心目中，国王的地位和威权也远胜于民选政府。

　　英国人喜欢唠叨王室的事情，少不了讲一些丑闻奇事；不丹人也喜欢与人讲王室的事情，但听起来就像童话故事一样，完美体现了国家和国民的幸福感。当我们刚刚踏足不丹土地，帕罗机场上年轻俊美的国王和王后大照片，就给了我们有力的感染。

　　机场的国王夫妇玉照只是开始。机场大楼出入境大厅后面的免税商店大门上面，挂着不丹五代国王的大照片。从左到右，四张黑白，最后一张彩色的为当今五世国王。到了街头，几乎每个商店门前都挂着国王的照片，彩色的多是五世的，而且多与王

不丹酒店外景

后一起，黑白的多是已退位的四世的，大概各占一半，可见四世国王虽然已经退位 8 年，对民众还是有相当的影响力。

不丹国家体制的现代化，则要从四世的父亲三世吉格梅·多尔吉·旺楚克说起。他 1952 年即位时，距离祖父建立不丹王国已经快半个世纪了，登基前曾奉父命到英国考察半年，后来被称作"现代不丹之父"。从 20 世纪的 1961 年开始，三世国王多次公开表示要保持国家的独立和主权。1971 年，不丹加入联合国，向世界显示独立国家地位。

他对政治机关和社会、经济都做了重大改革，包括成立了"国民议会"和"皇家顾问委员会"，并把相当一部分权力移交给国民议会，开始形成不丹自己的君主立宪体制。他还废除了传统的农奴制，实行土地改革，发展经济，兴建医院和学校，组建军队——为现今的不丹社会打下了根基：

①1. 土地改革。不丹国王三世将一家人持有土地的最高限额定为三十英亩，超过三十英亩的部分由国家收回，然后重新分配给没有土地的人。国家也在一直减少对土地税的征收，对于那贫

---

①　选自武林军事网。

寺庙中的喇嘛

困的，并且持有土地很少的农民，政府完全免收他们的土地税。

2. 废除死刑。不丹作为一个佛教国家，此举是符合佛教的原则的。

3. 建立司法机构。将行政和司法分开，在首都廷布建立了一所高等法院，并开始进行一系列司法系统的现代化改革。

4. 促进文化发展。相继成立一批主题艺术馆，建立了一个国家博物馆。

5. 建立正规军队。到1964年大约有9000名士兵服役，指导他们训练的是来自印度的军事教官。

6. 把洛特下巴人拉进不丹主流社会。洛特下巴人是过去一百年来在英国人鼓励下来不丹开荒的尼泊尔难民，他们与不丹文化不同，信仰印度教，和不丹其他民族时有矛盾，他们占不丹人口的20%，对不丹有颠覆政权的野心。在1953年，国王允许洛特下巴族派代表参加国民大会。后来，他们还从洛特-加龙省下巴人中招募各公务员、军人和警察。

7. 废除农奴制度。不丹国王三世宣布彻底废除农奴制，给农奴自由。农奴们希望没有任何恐惧地、充满自由地离开他们过去农奴主的领地。

他患有先天性心脏病，1972年在非洲肯尼亚治疗时去世，才43岁。他生前规划兴建的一座纪念塔两年后在首都廷布落

不丹的小土路

成，也成了他的纪念碑。门前牌子上的说明写着："国家纪念碑，
1974 年由太后陛下建成，以纪念她的儿子吉格梅·多尔吉·旺
楚克国王（1928—1972）。"

　　从帕罗到首都廷布的 65 公里公路，也许是不丹路况最好的
道路，我们的车子开了一个多小时。进入廷布，夕阳下我们直接
来到纪念碑，院子里面的白塔已染上了金色。好多人在塔下顺时
针转圈疾行，也有人伏地朝拜，既为了纪念已故国王，也为了洗
涤自己的罪孽。我问："他们为什么走得那么快？"回答是："想
多走几圈，等于多念几遍经文。"走完了，离开前到旁边的小厅
里点上一盏酥油灯，再到转经堂把金色的经筒推转几圈。第二天

首都廷布三世国王纪念塔

清早我再去那儿，又有不少人在转塔、转经筒，开始他们新的一天生活。

不丹仍然是政教合一的国家，这儿就像一座寺庙。在不丹人心目中，已故三世国王也就是神。

四世国王吉格梅·辛格·旺楚克 12 岁就去英国读书，1972年仓促继位时才 17 岁。他最先提出了"国民幸福总值"（GNH，也称国民幸福指数）的概念，以取代国内生产总值（GDP），认为"政府施政应该以实现幸福为目标，注重物质和精神的平衡发展，政府计划的成功与否必须以人民幸福感的提高为评价基准"。

所谓的"国民幸福指数"有 9 大类一级指标，包括教育、心理幸福感、健康、时间支配、文化多样性和恢复力、善治、社区活力、生态多样性和恢复力、生活水平，没有一项直接涉及金钱和物质财富，数据每三年调整一次。2005 年正式推出时，不丹做了第一次国民幸福度调查，97% 的国民回答感到幸福。

四世国王还做了一件改变国家的大事，完成了不丹的君主立宪改革。他表示，还政于民是为了让不丹在政体上与西方接轨，以便赢得国际社会的认同。他说："为了不丹人长远幸福，我们必须推行民主，一个有效的制度比王位更重要。"

1998 年，四世国王不再兼任政府首脑，将政府管理权移交给大臣委员会。

2001 年 9 月，国王发布命令，要求政府筹备起草宪法。

2005 年 3 月，国王建议在不丹建立两党制度，由在大选中得票最多的政党组阁，另外一个政党则成为反对党。根据宪法草案，不丹将组建两院制议会，分别为 75 人组成的国民议会和 25 人组成的全国委员会。根据新宪法，国王是国家元首，而议会在 2/3 多数的支持下可以弹劾国王。部长会议为行政机关，部长会议主席是政府首脑。

2006 年年底，四世国王吉格梅·辛格·旺楚克宣布退位。

祈祷者

　　2007年4月，四世国王将王位正式让给27岁的儿子吉格梅·基沙尔·纳姆耶尔·旺楚克王储。

　　2008年，五世国王正式即位。

　　2008年3月24日，不丹举行首次民主选举，直接选举国民议会议员，产生首个民选政府。

　　2008年7月，不丹颁布首部宪法。

　　经过改革的不丹政治体制与英国的君主立宪制相仿，但今天国王和王室的重要性仍然远胜于英国。在多数不丹老百姓心目中，国王的地位和威权也远胜于民选政府。对国家大事，国王仍然有着巨大的影响力，就连已经退位的四世国王也如此。我们在不丹这几天，看到不知多少这对父子国王和王室成员的照片，却始终不知道现任首相长得什么样子。

所以，外人看不丹还是常常会糊涂起来，感到矛盾不解。比如有资料说，为保护环境，不丹从1999年开始禁止使用塑料袋。确实，不论在城市还是乡村，我们都没有见到废弃塑料袋随风飞扬或散落道旁的白色污染，但我也确实看到有人购物后提着塑料袋"光天化日"下在街上行走。

另外看不懂的是禁烟。2004年12月17日，不丹政府宣布全国禁烟令，这是世界上的第一个全国禁烟令。居民不准在公共场所抽烟，也不准在任何户外地点抽烟。本地商店不准卖任何烟草产品，违反者每次罚款225美元以上，多次违反者可能被吊销商业执照。无法戒除烟瘾的居民可以自己进口香烟，交100%的进口税。按政府估计，全国只有1%左右的人口抽烟。据说四世国王原来也是烟民，2008年退位后开始戒烟。

出发去不丹前，我们这伙人就在微信上互传了上述禁烟令，很让几位吸烟的团员甚为忧虑，陷入带还是不带的矛盾之中。等到离开时，大家的结论是"没那么严格嘛"！也许是对外来游客比较宽松。我们确实没见到当地人吸烟，但也没见到有人干涉我们吸烟。

最有意思的一次，我们在帕罗辛辛苦苦攀上悬崖，来到闻名天下的虎穴寺台阶下。进寺参拜先要过安检，我们的一位团员身上带着香烟和打火机，被警察查了出来。我马上想到"会扣人罚款吗，起码也要没收吧"？不料那警察说："那就留在我这儿，出来后再取。"就这样，出来后就还给他了。

恰好也到不丹过大年的凤凰卫视老同事郭方，有一段关于射箭场的记述，提及吸烟：

不知道是否近期对古代历史感兴趣，对最古老的箭术很好奇，到了不丹第一时间就抽空去看当地人的箭术比赛。射箭在不丹，除了是竞技运动，也是举国上下男人们消磨时光的活动，每个城镇乡村都有个射箭场。玩弓箭的男人都求胜心切，就比谁绑在腰间的彩带多（射中一次靶心得一条彩带）。

射箭场上鲜有女性身姿，因为女性是不能参加射箭比赛的。场边或许有一两个女生，那都是在用自己的时间换男人的爱情。我看到一名瘦削时髦的女子，站在场边，男友射箭时，她在玩手机或无聊地瞪着地面。看男友走过来，就点燃一支香烟，好让男人休息间歇吸上一口。

在不丹看到吸烟的人不多，据说是因为限制，这让我对不丹观感又好了一分。这项禁令并未面对很大反弹，因为他们有槟榔代替香烟。嚼槟榔是男女都可以的，连舒压都是用绿色的方式，给个赞！

可见不丹人也有在公共场合吸烟的啊！说到槟榔，我们在不丹街头，也看到老人在街头卖槟榔，还告诉我们怎么用叶子包起来嚼。但嚼槟榔真的好吗？台湾许多人嚼槟榔，医生告诫他们当心口腔癌。另外，大面积毁林种槟榔虽然能赚钱，却也容易引发山区泥石流，因为槟榔树根系浅，很容易造成水土流失。对此，不丹有所警觉了吗？

都说不丹国家和谐、民心平和，连吵架、殴斗都很难见到，不过那儿也有过战争，有过种族冲突。我们从首都廷布到旧都普那卡途中，经过海拔3140米的多雄拉山口，与咱们西藏通往墨脱的多雄拉山口同名。那儿是观赏喜马拉雅群峰的好位置，当然也要遇上云开雾散的好日子，我们的运气就不那么好，当时的雪峰正半遮半掩。

从多雄拉山口远眺喜马拉雅山脉群峰

和团友在 108 佛塔前合影

那儿还有被称为"楚克旺耶纪念碑"的 108 座佛塔群，位于小山坡上，2005 年建成。白红相间的塔身，金顶金檐衬着褐黑页岩瓦片，四周松林和经幡围绕，颇为壮观。这是不丹政府为了纪念在剿灭南部印度阿萨姆反政府武装中丧生的人，同时也为祈祷世界和平而建的。

有网友在携程网上写道："登上佛塔，迎着山谷来的微风，远眺着远处那古老的村庄、清澈的河流，呼吸着清新的空气，旅游的疲累全被这迷人的景色所代替，神秘的不丹又让你揭开了它一层神秘的面纱。"

据这位网友的资料，108 塔纪念的是战胜印度阿萨姆邦三大反政府武装组织那一仗。"阿萨姆联合解放阵线"是其中最大的一个，成立于 1979 年，以实施暗杀、绑架、袭击军警等暴力活动而著称，其宗旨要把该邦从"印度统治下解放出来"。20 年间，这些分裂组织引发的内乱已造成 1 万多人死亡。由于恐怖事件频发，印度政府下决心将其铲除。印度军方估计，至少有 3 000 名反印武装分子活跃在不丹境内。在印度多次交涉下，不丹国民议会于 2002 年 7 月通过决议，如果武装分子拒绝和平离境，政府必须用武力将其赶走。

108 座佛塔群

祈祷的老人

　　在军事行动中，不丹军队共摧毁了 30 个武装分子训练营地，剿灭 120 多名武装分子，缴获了大批武器装备。不丹事后向印度政府移交了 43 名被抓获的武装分子，其中包括"阿萨姆联合解放阵线"的 4 名高级头目。可见，不丹能有今天的和平，也少不了打仗，还要维持一支上万人的军队。

　　《秘境不丹》一书中说："这里我无意记述 2003 年的第二次杜瓦战争，那留待未来的历史学家去做吧。只要说，不丹弱小的军队在国王的直接领导下，以不可思议的迅捷和不容置疑的结果结束了这场战争，就足够了。仅仅用了一天半的时间，在 12 月 15 日和 16 日，那些好战分子 4 年来建立的 30 个营地被我军一举摧毁。但是我们对胜利没有大吹大擂，没有兴高采烈地欢庆胜利，那不是我们的做法。我们为 11 个牺牲的不丹战士哀悼，也为被打死的好战分子祈祷，愿他们的灵魂安息。"

不丹还有自己的种族和难民问题，主要是同南部的尼泊尔人的关系，至今仍然没有解决。美国 2013 年接收的世界各国难民中，来自不丹的就有近万，仅次于伊拉克和缅甸，比来自索马里的还多。就在飞不丹之前，我在曼谷机场看到 2 月 2 日《纽约时报》国际版头版的一篇报道，题为《从不丹到纽约州的牧场》，讲的就是如何为不丹难民提供农牧业的技术训练。

关于 20 年前不丹难民潮的起因，有文章写道：

①20 世纪 80 年代末，不丹四世国王吉格梅·辛格·旺楚克提出 "国民幸福总值"（GNH，Gross National Happiness）的概念，用以取代传统的只关注经济发展的 "国民生产总值"，主张平衡经济增长、文化发展、环境保护和提高政府治理水平这四个方面

---

① 出自作者萧敢 2013 年 9 月 10 日发表于豆瓣网的《不丹，回不去的最幸福的国家》。

的发展。这一概念使得不丹名声大振，也被有些人称为世界上"最幸福的国家"。

但与此同时，不丹政府还做了很多事，比如将超过 1/7 的国民驱逐出这个"最幸福的国家"，还较少被人关注。1985 年，不丹政府通过法律来重新确定公民身份。规定只有能够证明自己在 1985 年以前是不丹公民的人，才可以成为不丹公民。所有拿不出证明的人，即被取消公民资格。

1989 年 4 月，不丹王国政府进一步推行"四个统一"，即统一民族、统一服饰、统一语言和统一信仰，在全国范围内推广佛教，普及宗卡语，规定穿戴不丹族服饰。这些举措主要是针对不丹南部的尼泊尔裔人。这些尼泊尔裔人的祖辈虽然早在 19 世纪就已经定居不丹，但他们至今仍信仰印度教，说尼泊尔语，生活习惯也与北部的不丹人不完全相同。

南部尼泊尔裔人不愿意这样"被统一"，政治反抗逐渐升级。不丹政府果断采取更为强硬的手段。第一步，不丹政府先以人口普查为由，重新发放公民身份证，将这些生活在不丹已经好几代的尼泊尔裔人界定为非法移民或无国籍者，不管社会身份高低与家庭贫富水平，均限令一周内离开不丹。接下来的第二步，自然就是武力强行驱赶，捣毁房屋，拘捕反抗者。

不丹与尼泊尔、印度等国的边境处立即形成了难民潮。总共有超过 10 万的尼泊尔裔不丹人被迫离开故乡，涌入尼泊尔。

尼泊尔在东部边境修建了7个大型难民营来安置这些人。而不丹总共也只有70余万人口，首都廷布只有3万人。不妨做个对比，上海的徐汇区有90万左右人口，杨浦区有130万，已经是不丹人口数量的两倍。

这十多万尼泊尔裔不丹难民在离开故乡的时候，恐怕不会想到，他们在难民营里一住就是10多年。尼泊尔不愿意接收这些难民，在尼泊尔人看来，他们早已是不丹人了。不丹自然更不愿意接收难民，好不容易才做到"统一"，怎么能再允许他们回来"分裂国家"。不丹政府声称，难民中包括被驱逐出境的不丹

多雄拉山口的楚克旺耶纪念塔

人；自动逃离出境的不丹人；有犯罪记录的不丹人和非不丹人，必须要加以甄别，不允许那些"自愿离开"的人返回不丹。所以谈判一拖再拖，十几年来毫无进展。

尼泊尔的难民营是半开放的。毕竟是十几万人的大型社群，人们自发组织了学校，为难民营里的孩子们上课，使用尼泊尔语和英语。同时难民营里也有一些必需的宗教活动和经济活动，保障人们的基本生活。

在不丹，人们可以依靠农业、旅游业以及水力发电等经济活动保持"幸福生活"，年均经济增长速度介于中国和印度之间，那似乎是一个很了不起的成就。但难民营里的生活就完全不同。难民营采用配给制，平均每人每天分到410克大米、60克豆子、20克糖、7.5克盐、25克食油和40克蔬菜，每户难民家庭每天使用燃油2升。难民有机会出外打工，但收入必然较当地尼泊尔人为低。据说还有一些难民妇女在俱乐部、夜总会打工，提高了当地的犯罪率。尼泊尔人对此也有很多抱怨。

对于难民营的情形，我们所知还很少。10多年的时间里，难民营也发生过很大的变化。难民营的生活不一定像后来一些离开那里的难民所描述的那么恐怖，从统计数据看，10多年里在难民营新出生的孩子就有1万多人。但难民营里基本是泥地，破烂的木屋，极容易着火。水和电都较为紧缺，药品也很匮乏。一般看来，所谓难民营，可能接近我们所设想的"贫民窟"。

尼泊尔一直希望印度作为第三方来协调解决难民问题。但是印度与不丹的关系比较微妙。根据1949年签订的《永久和平与友好条约》，印度有监管不丹外交和国防的权力。不丹在近几十年里，政治上逐渐与印度脱离，而在经济上与印度保持更密切的联系。不丹的水电站基本都是印度帮忙修建，产出的电力也多半卖给印度。去年印度北部大停电，马上就从不丹进口了大量的电。所以印度在不丹难民问题上坚持"不介入"立场，甚至大批

在寺庙中的当地人

逮捕滞留在印度的不丹难民，站在不丹政府一方。

事情一直到 2006 年才有转机。美国表示同意接受 6 万名难民，澳大利亚也同意接受 5 000 名难民，新西兰、荷兰、丹麦、挪威等国也都表示愿意接受一部分的难民。这个计划从 2008 年开始正式执行，目前已经有超过 3 万名的不丹难民被安置到世界各地，到美国的最多。国际救援委员会会发给这些难民前几个月的生活费和房屋租金，然后就靠他们自己独立奋斗。这些新移民未来还要面临语言交流、社会融入等一系列的困难，但他们已足够幸运，有机会开始全新的生活。

与此同时，仍有相当部分难民拒绝离开难民营。他们知道，一旦离开难民营，恐怕再也回不去不丹。他们坚持留在难民营，寄希望于尼泊尔、不丹以及世界各国的多边谈判，能够帮助他们堂堂正正地以不丹人的身份重返故乡。

难民营还没有拆除。有些人走了，从海外传来好消息，但也有些人在海外过得不尽如人意。难民营里留下的人群，身份本来就复杂，现在时时受到海外的诱惑和故乡的召唤，看着故乡这个"最幸福国家"的发展，内心矛盾可想而知。而第三国安置的速度这两年也有所放慢，所有人都明白，很多问题不可能"一迁了之"。难民营的前景，仍难以预料。

除了军队，不丹还有 5 000 名警察。大部分不丹人笃信藏传佛教，宽厚待人，与世无争。因社会治安好、犯罪率极低，人们外出很少锁门，也不必带钥匙。刚到不丹，导游就告诉我们这儿不会丢东西，我们游玩时把包和相机等留在车上也很放心。他还说不丹警察最好当，因为没多少事情可操心。

但还是会有人犯罪。据不丹官方数字，在上一个不丹历的"羊年"中，凶杀案从 2014 年的 7 宗上升到起码每月 1 宗。但整体的罪案数字则下降了 13%，从上一年的 2 367 宗下降到 2 055 宗。其中尤以殴打、偷盗、入屋行窃、非法占有财物等为主，强奸案从 43 宗下降到 33 宗。另外，由于警方加强交通管理，车祸减少了一成，也就是减少了 76 宗。这些罪案数字，同日本或咱们中国一个县差不多。

实际上，不丹 70 多万人口，就相当于中国一个中等县的规模，但有 5 000 名警察加上 1 万人的军队，再加上公务员、王室成员、僧侣等，总共要养活 5 万到 10 万的非生产人员，负担真不小。如果换算到中国，相当于 13 亿人口要养活一两千万军队、上千万警察和一两亿非生产人员，那真会受不了。那么，不丹人民真的很幸福吗？

寺庙里

当然，幸福只是一种感觉，并不等同于财富的多寡。但随着国家开放和国民的物质追求，他们还会保持如此之高的幸福感吗？有报道说，近年来不丹民众的幸福感指数明显下降，感到幸福的比例已经低于一半。另据加拿大不列颠哥伦比亚大学 2016 年 3 月 16 日公布的《全球幸福国家排行榜》，在 157 个国家和地区中，欧洲国家丹麦再次位居榜首，不丹为第 84，比咱们中国还低一位，同 2010 年排名第 8 相比，起伏相当大。

那么，到底不丹算不算幸福国家？还是让我们多看多了解后再回答吧，也许不是几句话、不是简单的"是"或"不是"能

六王后合照

讲明白，也许根本就没有明确的答案。

不丹三世国王 1972 年英年早逝，王后格桑·曲登则很长寿，2016 年时已经 86 岁。在这张难得一见的六位王后合照中，她作为太王太后坐在当中，周边四位是四世国王的四姐妹、今天的王太后，后排左边边上那位是今上五世国王的王后，刚刚出生的小王子的母亲。另外，后排右边那位王太后，就是我们离开不丹时飞机上遇到的那位。

三世国王与王后的政治婚姻成为悲剧，应与王后本人与她

外国游客穿着不丹民族服装拍照制作特别的邮票

家族都过于强势有关。不过，这位来自锡金的公主颇具见识，对不丹国家的现代化也留下了自己的痕迹。据说，正是王后"引见了她的美国同学给国王认识，从此建立不丹邮票王国的地位，各种款式和各种材质的邮票应有尽有"。当然，对这样的山地国家，邮政更有着特别的意义。

直到今天，邮票仍然是不丹的重要产业和收入来源，首都廷布市中心的邮政局也是外来游客必到的游览项目。除了可以购买种类繁多的不同年代的不丹邮票，游客还可以换上当地传统服装拍照，制成你独有的邮票。当然要花钱，早先约 3 美元，后来涨到 5 美元左右，听说现在又涨了。

　　三世王后堪称女强人。当丈夫突然去世、刚成年的儿子仓促继位，她又成为帮助儿子稳定政局、维持朝政的背后支柱。不过，她儿子四世国王的婚姻，与她同三世国王大不相同，不仅通过联姻巩固了国王的地位和权力，也成为流传至今的一段佳话。在仍然保留不少母系社会传统的不丹，当时的王太后对这桩婚姻也应该起着关键作用吧。

　　不丹原来一夫多妻和一妻多夫并行。第二次世界大战之后，不丹开始改革婚姻制度，向着现代化、西方化靠拢。1953 年，三世国王吉格梅·多尔吉·旺楚克宣布废除一妻多夫制，并且对一夫多妻制度进行了限制，规定一个男人最多只能有三个妻子，在娶新妻子之前，必须要得到第一个妻子的同意，否则不能再娶。婚后，男方可以不用再入赘到女家，女方可以到男方家生活。

　　1980 年，四世国王又颁布了《婚姻法》，宣布实行一夫一妻制，正式废除一妻多夫制和一夫多妻制，并禁止童婚。但是在民间，一妻多夫和一夫多妻仍然存在，对王室来说，更不受此约束。

　　1979 年，有"世上最英俊国王"之称的吉格梅·辛格·旺楚克同时迎娶了贵族富商伍金·多吉的 4 个女儿。据说四世国王向未来的岳丈求亲时，得到的回答是"要娶就把我的女儿都娶过去！"这家共有 9 个子女，6 女 3 男。当时大女儿已经 28 岁，小女儿才 10 岁，因此没能入选。结婚 9 年之后，四世国王的王室婚礼于 1988 年 10 月 31 日举行，由顶果钦哲法王证婚，那时四世国王和这四姐妹已经有了 4 位公主与 4 位王子，包括 1980 年出生的吉格梅·基沙尔·旺楚克，后来的五世国王。

四世国王很少让家庭成员出现在公开场合，网上仍有一些关于国丈爷和国舅爷的传闻。网上有说："国王居住的王宫面积很小，四个王妃居住在四个分散很远的地方，虽是同胞姐妹，但平时相互之间也很少来往，以免引起不必要的是非。四位王妃为国王生了 5 个王子和 5 个公主，除了基沙尔和巴荣王子以外，较大的两个女儿在美国读书，其余子女都在不丹的学校里学习。巴荣由于身份特殊，更不方便在公众前露面。"

2008 年基沙尔正式即位，成为又一个"世上最英俊国王"。2011 年 10 月 13 日，31 岁的五世国王与 21 岁的吉增·佩玛成婚。关于他们如何相识，17 岁的王子如何向 7 岁的女孩示爱定情，"等你长大了，倘若我未娶、你未嫁，且我们感觉依旧，我想让你成为我的妻子"，已是人所皆知的幸福甜美故事，不必详述。只是要说明一点，吉增·佩玛出身名门，并非平民百姓家庭的"灰姑娘"。倒是五世国王如能遵守法定一夫一妻制，应可起到以身作则、移风易俗的示范作用。

婚礼那天的情景，北京《新京报》有这样的描述：

13 日，喜马拉雅山脚下的佛国不丹迎来举国大事件。被称为"世界最年轻、最英俊国王"的吉格梅·基沙尔·纳姆耶尔·旺楚克，将小自己 10 岁的平民女子佩玛娶为皇后。这是自 1988 年后，该国首次举行皇室大婚。不过，与 20 多年前旺楚克的父王大婚时不一样，不丹已经发生了从专制到民主的变革。而这次大婚，旺楚克夫妇也没邀请任何一位权贵豪门，庆婚的，都是当地的村民。

13 日，这场世纪婚礼在不丹旧都普那卡市举行，并通过电视直播。婚礼采取传统佛教仪式，在不丹最古老的西姆托卡宗寺庙中举行。

这场婚礼轰动了仅有 69.5 万人口的不丹，之前，人们对 31 岁仍未婚的国王很是担忧，因为国王必须要拥有一个完整的家庭。当婚礼消息宣布后，儿童们作诗、排练舞蹈赞美婚礼，国王和王后的海报也随处可见。

婚礼在早上 8:20 开始，这个时间是由占星师算出的吉时，旺楚克国王身披黄色的绶带，头戴红色的绘有乌鸦的王冠，乌鸦在不丹是国王的保护神。旺楚克缓缓步入西姆托卡宗寺，并登上楼梯进入内庭。紧接着，他的 21 岁的新娘，跟随在一队僧侣和举旗者的后面，也进入内庭。歌手们随着鼓点节奏的变化咏唱歌曲。新王后穿着传统的贴身长裙，并外带一件金色夹克。

在内庭，站立等待的是不丹的高级神职人员，他们是婚礼主持人员，为这一对新人"净化灵魂"并送去祝福。

当这对新人进入寺庙几分钟后，旺楚克的父亲也进入寺庙，西姆托卡宗寺庙在不丹是禁地，只有国王和高级神职人员才能进入。

老国王将一组五色的丝巾交给新娘，这代表着寺庙的祝福。接着新娘手托盛满美酒的金色高脚杯——这杯酒象征着来世的永生，慢慢走进国王，国王也缓缓走下王座。王座正对着一座巨大的佛像，旺楚克先接过酒杯一饮而尽，然后给他的皇后加冕了一顶精美的织锦缎后冠。

随后，新王后落座在国王旁边。老国王向他们赠送了不丹婚礼传统礼物，包括镜子、炼乳、牧草和贝壳，这些都代表了长寿、睿智、纯洁和其他美好祝福。此时，僧侣们开始奏起欢快的音乐，喇叭鼓声齐鸣。

这场皇室婚礼，并不像英国威廉王子的大婚那样广邀全世界皇室成员以及名流政要。旺楚克一直要求典礼简单传统，因此

普那卡宗堡为小王子举行法会，挂出夏忠法王的巨幅唐卡

没有任何外国贵宾或王室受邀。参加婚礼的，只有国王的家人和几千当地村民，而其余的不丹人则通过电视来分享国王的喜悦。由于座位不足，内阁部长也被劝不要带妻子出席婚礼。

婚礼后，国王难掩喜悦之情，他对记者说："我等待这一刻已经很久了，我终于找到了能相伴一生的人……对我来说，王后是一个完美的人，聪明美丽，我们有很多共同爱好，我们都对艺术痴狂。"

在他心目里，佩玛是一个愿意毫无保留地侍奉她的人民和国家的好人，"尽管很年轻，但是她拥有善良美丽的心灵"。2016年2月5日，他们的第一个孩子，小王子出世。那正好是我们到达不丹的第二天，从首都廷布前往旧都普那卡。

小王子诞生

小王子满月那天，王室特地
举行了一场植树庆典，同老百姓
一起种下 108 000 棵树苗。

　　2月6日到达不丹的凤凰卫视的郭方，立即就感受到了小王子诞生带来的欢乐气氛，"连下榻酒店都为客人送上一瓶美酒同庆"。我们这天则是遇上了两个著名寺庙隆重举办庆贺法会。当地报纸上刊登了好多版面的祝贺广告，公私机构皆有，翻动时一片金黄色，贵气扑面而来。

　　早上我们先来到普那卡的切米拉康寺庙。这座小小的寺庙非常出名，为纪念"不丹济公"疯僧朱卡库拉而建，如今则成为祈求生子十分灵验之地，如同咱们这儿信奉送子观音。据说朱卡库拉用他超强的性功能驱走了邪魔，也让阳具成为信众朝拜的圣物"大柱"。不仅切米拉康寺的大殿里供着，就连寺庙周边村里一些民居、店铺墙上也画上比人还高大的阳具，有的还添上眼睛眉毛，顶端都会喷射出点什么。

切米拉康寺庙，求子得子来还愿的男子

　　切米拉康寺的大殿其实不大，做法会的几十个僧人席地盘坐，已经挤得满满的。香火缭绕，法器鸣响，法会开场。五世国王 2011 年结婚，5 年后才得贵子，比他老爸婚后第 2 年就生了他晚好几年。不知道此前他有没有来此地进香求子，但当地民众真是很相信呢。一位父亲抱着襁褓里一两个月大的儿子前来，满脸的幸福感。问他是不是求子得子来还愿的？答曰：就是啊！

父母得子后最虔诚的报答，就是让自己孩子到切米拉康寺里来见习和帮忙，当下就有几十个，可见其灵验。大殿外面，两位十来岁的男孩引起了大家的注意。他们在衣服外面搭上一条藏红色的披肩，为每位来访者倒上一杯泡着炒米的奶茶。一问，他们就是父母来寺里求拜后出生的孩子，今天来这儿为法会帮忙。

另一场法会在普那卡宗堡里面举行，规模就大许多。从切米拉康寺赶往宗堡的途中，导游就告诉我们，普那卡宗堡里的僧人一早就把珍藏的巨幅唐卡晒了出来，难得啊，一年里面只有遇到特别的日子、特别的事情才会如此。

不丹一共有 20 个叫作"宗"的地方行政区，宗堡就是每个宗的权力中心，也是当地最具规模的建筑物。不丹政教合一的特征，在宗堡上体现得最为清楚。每地的宗堡一半是政府机构，另一半就是寺庙，以中央的塔楼为分隔；民众去那儿可以先办俗世的事情，然后再去另一半解决精神上的问题。

宗堡的地理位置和堡垒状外观表明，它们以前一定有重要的军事防守作用。从历史上来看，宗和宗堡应该是不丹属于西藏时期的留传。今天中国西藏的日喀则就有桑珠孜宗堡遗址，即日喀则博物馆所在地，被称为"小布达拉宫"，为600多年前元朝传下。

普那卡宗堡修建于300多年前，是不丹最具规模的几座宗堡之一。普那卡曾是首都，直到1955年三世国王定居廷布，并于1962年正式迁都。此后普那卡仍然是重要的政治宗教中心，王室的许多重大庆典，如当今五世国王2011年的大婚，就是在那儿举行。

就在两条河流（"父亲河"与"母亲河"）汇合之处，普那卡宗堡平地而起，白墙红顶，四周群山、河水围绕，很是壮美。门前还有一座跨河廊桥，不少行人会在桥中央驻足俯观河中嬉游的鱼群，几个从宗堡里跑出来的小喇嘛更是趴在栏杆上留恋着不忍离去。

巨幅唐卡

    我们从河对岸远远看去，宗堡中央六层高塔楼的正面已经挂出那幅巨大的（夏忠法王）唐卡，听说下午1点多就要收起，我们便加快速度赶去。宗堡门口停着消防车，唐卡边上还有消防员守着，以防万一。从早上开始，前来跪拜和上香的民众络绎不绝。

    前来的一群人中有一位男士搭着蓝色披肩，应为普那卡的地方首长。旁边红披肩的为低一级的政府官员，着白色带穗披肩的是普通老百姓。在不丹的正式场合，男女都须着披肩，而且有不同颜色和式样，不同地位间有严格的区分。除了上面三种，国王和寺院大住持着黄色，最高级；政府部长和中央寺院四大法师着橘色。

大殿中的法会就要开始了，一位身材较魁梧的中年喇嘛抽动手中的皮鞭啪啪作响，把散在四周的大小僧人召集进大殿。游客不能进去参观，但可以到二楼观看。大殿对面就是中央塔楼，当中的木制楼梯又陡又光滑。我和团友袁文康好奇地爬了上去，又从两边的木楼梯上到三楼、四楼、五楼，每层都是一间间僧人住处和修行佛堂，门锁着，人下去了。有块牌子写着"女性莫入"。

从五楼再上去就是塔楼的顶层，那儿比较矮，须弯着身子在梁柱中间穿行。作为镇寺之宝的手绣巨幅唐卡，就是从那儿悬挂下去的。往外遥看，左右两条大河在前方合为一体，从喜马拉雅雪山流下的清澈河水哗哗作响，水花泛白。

庆祝活动延续到一个月后。小王子满月那天，王室特地举行了一场植树庆典，同老百姓一起种下 108 000 棵树苗。这项活动有多重意义。美联社说："在佛教教义中，树木被视作生命的源泉。每一棵树苗都代表种植者的一声祝福，祝愿小王子健康成长，身体强壮，像古老的树木一样智慧。而 108 这个数字在佛教里也是神圣的，代表着功德圆满。"

　　同时，种树也意味着绿色，意味着保护国家的自然环境不受破坏。不丹宪法规定，森林覆盖率永远不得低于 60%，当前的实际覆盖率为 72%。再有，通过这样的活动也能够拉近王室同国民的距离，引来国际媒体的注意。一张新闻照片中五世国王同民众一起植树，面对国王的一排女孩都用手捂着嘴。我用微信把照片传给不丹华人朋友汤迦文先生问为什么，他回答说，那是不让自己的口中的污浊之气冲犯王上，不丹人为表示对别人尊敬都会

寺庙为来客提供奶茶

这样。

不丹虽然已经改变为君主立宪体制，但国王和王室的地位有没有实质性的改变？凤凰卫视的郭方就有此观察：

其实不丹是一个等级观念十分重的国家，平民不能直视国王，但几任国王都曾留学英美名校，皇室贵族也都留学海外，思想十分开放和现代。对于能有如此亲民爱民，兼英俊能干的国王，不丹人都十分迷恋和崇敬，不仅建筑物内外都能看到国王肖像，他们也把肖像戴在胸前以示敬意。

不丹人对国家政策也是全力支持。我曾好奇地问过我们的司机和导游：难道没有人对国王提出过质疑吗？人无完人，国王推行的政策不一定对谁都有益啊？他们唯唯诺诺答不出一二，也许对护民王室的爱戴和对现状的满足，忽略了质疑的思考？

也许，这个问题不是外人能够回答的。

手机与夜生活

我们到不丹第一天，就感受到手机已经成为当地人生活不可缺少的一部分，智能手机也越来越普及。

如果有人今天还以为不丹是个封闭的国家，那就实在不了解那里这些年的变化。结束这次不丹之行后，我很想把自己拍摄的照片里面不丹人打手机的各种姿态都找出来，集成一个专题。手机，比什么都更能说明不丹的今天。

就拿寺庙里所见来说吧。今年咱们的农历大年初一，正好是不丹当地的除夕。早上，我们到岗提古寺参加新年法会时，一排不丹小伙子就坐在门廊边上，一起低头刷屏。第二天下午，在刘嘉玲、梁朝伟举行婚礼的帕罗宗堡外的石阶上，刚做完法事下课散出的喇嘛边行边打手机……

普那卡宗堡里面的大小喇嘛更是离不开手机。为小王子祈福的法会开始前，散在各处等候的喇嘛们不少都在看手机、打手机，小喇嘛更是三五成群围着手机刷屏。就连那位威风凛凛挥动响鞭召集僧众的喇嘛，在法会开始后一度走到殿外看手机，或许有什么要事联络吧。

我们到不丹第一天，就感受到手机已经成为当地人生活不可缺少的一部分，智能手机也越来越普及。一位导游告诉我，他的朋友托人从香港带来一部最新的苹果手机，如在当地购买就要花1000美元。据新加坡《联合时报》2014年的一篇报道，不

普那卡宗堡里的僧人与手机

丹70多万人口中已经有55万手机用户。《不丹人》半月刊编辑勒桑格说："不丹从封建时代跳到现代时代，绕过了工业时代环节。"不丹首相托杰相信技术力量不可抗拒，他说："技术不是破坏性的，它很好，有助于不丹繁荣。"

不丹70多万人口相当于中国一个中等规模的县，面积却有3.8万多平方公里，比咱们近千万人口的海南岛还大一点，而且都是崇山峻岭。可以说，有史以来手机第一次把他们如此密切地连成一体。但封闭社会一旦被打破，"外面的世界真精彩"，也必然带来难以预料的变化。今天的不丹就处在这样的变化中。

我问导游，早先手机开始进入时，不丹人有没有什么抗拒抵制？回答是"没有啊，为什么要抵制？"向来听天由命的不丹人，就这样顺其自然地接受了外界带入的变化。至于新的繁荣会不会破坏不丹固有的传统、文化和社会价值？没人能够回答。同样，本来应当远离红尘俗世而静修的僧人都开始刷屏，究竟是更加有助于弘扬佛法，还是会带入外界的躁动不安？似乎也没人能够回答。

其实，这不只是不丹的问题，也是中国的问题、世界的问题。

不丹也有夜生活，你相信吗？

① 在帕罗，我们满以为这个不丹最繁华的城镇之一会有丰富的夜生活，便要求见识一下当地人爱去的夜店。（导游）财旺把我们带到了一个"Live Music House"。进地下室一看，心当下就凉透了：这不是我们20世纪80年代的小歌厅么？昏暗的灯光下，两个穿着旗拉的年轻女孩在简陋的舞台上跟着背景音乐轻声哼

---

① 选自《南方人物周刊》的文章《不丹：如果幸福是一个国度》，作者黄亭亭。

夜晚的不丹酒店

唱，一边做着疑似当地舞蹈的小幅度动作。她们端庄的服饰和矜持的舞蹈看起来更像一种神秘的宗教仪式。台下的观众不多，除了3位好奇的西方观光客，就是六七个当地小伙子，心不在焉地喝啤酒聊天。

"我们到了（首都）廷布会看到高级一点的夜店吗？"

"高级不了多少，顶多是两个演员变成四个吧。"财旺眨巴着眼睛宣布。

"可廷布是你们的首都啊！"

财旺懒得接茬，只是不停用手指头向我们比画：从2到4！

我以前的学生廖政军却有另一番感受：

① 众所周知，不丹王国是个政教合一的国家，自1907年建国以来至今仍是旺楚克王朝，其第五世国王可是一位和笔者年纪相仿的"80后"偶像级统治者。早在1998年，这位国王的父亲，也就是第四世国王已宣告不丹将进入君主立宪制，欲推行西式的民主政体。受西方文化影响极深的两代国王始终认为，"民主是不丹通往进步与发展的途径"。但似乎，不丹人民并不怎么领情，因为在他们心中，国王的统治地位永远是至高无上的。

---

① 出自廖政军的文章《宿醉廷布》。

　　且不说家家户户、墙墙角角到处挂着帅国王的头像，估计有人要说句国王的坏话，不一会儿就会被唾沫星儿给淹死。另外，小国家的好处就是，国王很亲民，也不难见。这不，记得一次我从新闻中心出来，正好碰上国王车队，道路两旁身着不丹传统服饰的男女老少立即放下手中的活儿，向车队行注目礼，而此时，国王的车窗也摇了下来，露出了一张英气十足的脸庞。依稀记得我身旁一位女同行小王当时的确跟跄跄了一步，之后她玩笑似的来了一句，"不好意思，被帅气震到了"。

　　不丹今天已经实行一夫一妻制。大学主修乌尔都语的小王当时是中国国际广播电台常驻巴基斯坦记者，对穆斯林社会十分熟识的她对以藏传佛教为宗教之本的不丹的婚俗极有兴趣。于

街头的孩子

是，她拉着我见人就打听，是否还真的有一夫多妻情况存在。供职于不丹航空机场管理部门的托杰大哥40岁上下，一脸忠厚相的他曾有一次非常认真地告诉我们，他家中就有两位老婆，还细数了他如何将两位娇妻娶到手的故事，而小王和我非常笃定地信了。

在廷布工作期间，我们曾多次想趁机一起见证这样的家庭。在我们软磨硬泡后，托杰不得不承认，他其实是和我们开的一个玩笑，事实上他只有一位太太，并且强调，身为国家公职人员的他，若被发现存在一夫多妻，就会被开除。虽然我们心中都有些许失望，但不得不说，托杰的"演技"让我们看到了不丹人的幽默感。

我想，托杰大哥的笑话其实是在提醒我们，不要总以落后的眼光打量这个同样渴望发展的国家。不丹正在发展，在改变，也希望世界能够对它更多些了解。而我自己，就用一次难忘的宿醉加深了对这个国家的不断世俗化、融入全球化的认知。

话说我们一群记者是来报道当年的南盟峰会的，不丹政府其间为我们提供了不少支持，其中就包括派出数十名年轻志愿者巨细靡遗地为我们打点工作和生活，而身为同龄人的我们，很快也建立起革命同志般的友谊。记得负责我和小王的志愿者是两男两女，其中一位女生是在不丹信息技术与电信部工作的桑姆，还有一位男生是在不丹皇家邮局总部任职的多吉。和许多志愿者一

首都廷布，政教合一的中央最高权力中心

样，他们俩都曾留学于印度，英文不错，且较一般当地年轻人更为外向。

尽管我们知道这是一个佛教国家，禁烟禁酒不在话下，但让我们始料未及的是，烟酒、酒吧、迪厅等早已不是稀罕物。更有意思的是，在南盟峰会举办期间，政府宣布禁止所有酒吧等娱乐场所营业，但在当地人的带领下，我们一帮人还是闯入了不丹的"花花世界"。

伴着微弱的路灯，我们来到廷布市区一处民宅的二楼，推开紧闭的铁门后，走进了一家酒吧。说是酒吧，或许有些勉强，虽然这里有一处吧台，吧台后站着一位扎着小辫、打扮略显新潮的男酒保，正在从身后不大的酒架上取出一瓶烈酒，倒入了眼前两名男青年的杯子中。再往房间中央看，一张巨大的台球桌在一架顶灯灯光的笼罩下，显得有那么点意思，球桌旁围着三三两两的人，他们手里握着酒杯。房间一角摆着几张沙发，一名身穿格子衫、牛仔裤的男子手捧吉他，正在弹唱一曲英文老歌。

初来乍到的我们其实只换来他们几秒钟的注视，然后又一切归于正常。或许，我们一张张亚洲脸在他们看来并无两样，甚至衣着打扮。此时，领着我们的几位当地年轻朋友已经按捺不住心中激动，随着音乐开始摆动身体。这时我才注意到，他们身上还穿着不丹传统服饰。男子的连身及膝棉短袍称为"帼"，颜色一般为深色调，黑、深灰和深红者见多，腿上还需搭配黑色棉袜，脚上再蹬上一双黑皮鞋；女子则是上襦下裙的"旗拉"，包括长袖短外套和沙龙式的长裙，还配有内里、腰带、别针、短靴等，其颜色样式更为多元。这一服饰一般只在盛大节日或重要场合穿着，而此次不丹政府要求全民以传统服饰示人，可见其宣扬本族文化的良苦用心。

穿着传统服饰泡吧还不算是新奇事儿，一次突如其来的"宿醉"让我彻彻底底被"全球化"的无孔不入所折服。来到吧台前，当地朋友向我们推荐了一种当地自产的瓶装啤酒，就好似到了北京不喝口燕京有点说不过去。这种低温贮藏的拉格啤酒出自不丹最大的私营啤酒厂，名叫"Druk 11000"（Druk 在不丹语言里意即"龙"）。

这个名字令我感到好奇，因为在印度，也有几款以数字命名的拉格啤酒，其中最有名的分别是"海沃德斯10000"和"老和尚10000"。尽管这几款啤酒都属于酒精浓度较高的，含量在8%以上，但看到不丹的这瓶啤酒时，我突然被逗笑了，于是问起身旁朋友，"难道多了1000的意思是非得超过印度吗？""我们的酒肯定是最好的，这可是用山泉水酿制的。"

我半信半疑地喝下了第一口，虽然我本人不喜啤酒，但口感的确不错，随后，酒精的作用也愈加明显。很快，我在消灭了一瓶650ml的"Druk 11000"后，身体开始飘飘然，有种脚踩棉花的奇幻感觉。平常并非不胜酒力的我，此时知道，我醉了。当然，还不至于醉倒。

这时又有人提议，"我们去迪厅跳舞吧。"

"什么？这里还有迪厅？"

"当然，我们最喜欢兔子舞。"

"你指的是放着disco音乐，男男女女一起跳舞的地方？"

"你不信？跟我们走吧。"

就这样，我和小王等人又晃晃悠悠地走出酒吧，来到了早已空无一人的廷布大街上。

吹着凉风，我突然间清醒不少，此时看到前面走着的不丹国家电视台的女播音员佩玛正从手提袋中掏出一支烟，麻利地点着后吞云吐雾起来。我凑了过去，"据说不丹是个禁烟禁酒的国

经幡

家，可你们今天令我大开眼界。"佩玛放慢脚步，右手搭上我的肩，说道，"我们（不丹）也在像你们一样不断发展，现在的不丹已经不是过去闭关自守的国家，我们渴望与世界对话与合作。"

"所有人都这样认为还是只有你们曾经留学海外的年轻一辈有这种想法？"

"的确，我们的父辈还是很保守，他们不希望国家发展得太快，会丢掉我们很多好的东西，也担心我们年轻人学坏。"

"其实我们作为外国人，也不希望这里发展得太快，失去它原本的吸引力。"

说着说着，不知走了多远，一家名为"多彩"的迪厅到了。这是一处地下室。当我们顺着楼梯越往下走，感觉神奇正在向我们走来。推开一扇厚重的大门，好似穿越"时间之门"，我们一下子从些许安宁的世外桃源回到了现实世界。比起之前酒吧轻柔的音乐，这里简直可以用疯狂形容，昏暗的灯光下，我几乎看不清这个房间里涌动着多少人。

虽然迪厅的装潢和音乐的风格有些老土，但这一点儿也不妨碍我们与朋友们借着酒劲，双手高举，将身体扭出最大限度，让汗水尽情挥洒。仿佛，这样的方式恰恰是我们这些来自所谓发达社会的人们所熟悉的状态。然而，无论我们怎么看待传统与现代在今晚的激烈碰撞，无论我们想如何将两者分出个胜负，不可否认的是，全球化的确早已无孔不入地影响着这个我们误以为

"与世隔绝"的最后一块乐土。

第二天在宾馆醒来，头痛欲裂的我早已想不起昨晚是如何结束了那场疯狂的"爬梯"，唯一记得的是，一瓶"Druk 11000"便是我宿醉的罪魁祸首。或许，这里还有高原反应的因素。抑或我是为幸福感所醉，在这样一个看似无忧无虑、追求"国民幸福感"的国度。

与佩玛关于发展的讨论并未结束，但我想，我们都不可能找出答案，至少当时是。

在此我可以告诉小廖，你们五六年前讨论的问题今天还在继续，仍然没有答案。正如《秘境不丹》一书开头所说："外部世界对不丹的反应，倾向于从一个极端摆向另一个极端——要么把它视为一个人间天堂，要么把它看成一个完全与世隔绝而且险与时间错位的国度。这两种印象都不真实。"

问题是，昨天的真实今天是否还在，今天的真实究竟又是什么？

《秘境不丹》中说："最后的香格里拉是不丹旅游手册上用得很多（而且用得过多）的一个短语。然而，大多数不丹人根本不知道香格里拉是什么意思。这个词是詹姆斯·希尔顿在他写的

不丹山景

正在转经的老人

《消失的地平线》一书中发明的，描述了一个隐迹在喜马拉雅地区的天堂。"

但廖政军还是要用"香格里拉"来代表他印象中的不丹：

你曾否造访一个地方，虽然时间短暂，它的人事物却已深深印刻在你的心中，难以自拔？不丹，或许就会是这样一个地方。这是我每每向别人谈起不丹总会说到的话，甚至，我会告诉他们："分明我知道是无知与落后造就了所谓的幸福感，正如印度哲人克里希那穆提曾经开示，'空无者乃幸福者'，而我却愿为这样的美好而感动、而落泪。"短短一周时间，我不知多少次心

农村正在帮家长劳动的孩子

有戚戚焉。这里的每个人都有发自内心的微笑挂在脸上，清澈的眼眸里透出对世界未知的渴望，又或许是一种知足常乐的表现。

上文提到的政府公务人员桑姆和多吉是一对好朋友，也是我至今依然牵挂着的不丹朋友。桑姆替我安排了一次重要的采访，让我见识到她流利的英语翻译和沟通能力。有一次，我私底下问起桑姆，"是否不丹年青一代的素质都和你一样高？"

"为何您会有这样的印象呢？其实我做得还很不够，我只在印度金奈留学过两年，虽然是国家奖学金，但我还是希望能够有机会去英国或美国深造。"

"是否这里的很多年轻人都想出去看看？"

"您应该知道，不丹还是一个欠发达国家，地区发展很不平衡。我们是首都人，因此获得了更多的受教育甚至留学机会，但还有更多年轻人无法靠教育过上更好的生活。"

"那你怎么看待发展问题？这和人们的幸福感有关吗？"

这时，悄悄跟随我们许久的多吉抢着发表了他的观点。他说："这个问题看怎么说，国家经济好了，社会发展了，人们过上更好生活，本身就是幸福感的体现，但与此同时，发展会带来一系列弊病，我想，中国、印度等国家都存在这样那样由发展所带来的问题，比如人口膨胀、城市化、环境污染、通货膨胀等。"

"多吉，你去过中国和印度？你似乎很了解现在的世界。"

"我和桑姆一样，都曾在印度留学，但很可惜，一直没有机会到中国走走，听说那里每天的发展就好像翻书本一样，日新月异。"

"翻书本！有意思的形容。的确，这样的发展不见得是好事。"

"不丹人民渴望发展，特别是我们看到了外面的世界，我们也希望能有更富足的社会、更发达的产业，但可惜，我们只是一个被夹在大国之间的小国。"

突然，我被多吉这一句"被夹在大国之间的小国"好似电了一下。难道不是吗？不丹的地缘政治地位决定了它不易摆脱印度的"控制"，而历史上，它与西方国家特别是曾经的间接殖民统治者英国之间千丝万缕的联系，也牵绊着它的发展。不过，虽然不丹与中国仍未建交，但两国在联合国框架及其他多个国际舞台上都有不少互动，加上 Made in China 的无孔不入，不丹在经贸上离不开与中国的某种合作。

不丹的基础设施条件较差，建设速度极为缓慢。不过就在当时，在首都廷布和帕罗等大城市，无处不见脚手架与混凝土车，特别是不少知名酒店品牌开始进驻，并大肆选址，美其名曰是为不丹旅游业的发展做贡献。

我向桑姆和多吉做出了善意的发问："你们难道不担心国门打开了，发展了，而全球化相关的许多难题也会依次在这里出现？"

桑姆想了想说："我们当然不希望发展的代价是要牺牲我们的美丽家园，就好像据我所知，无论这里的年轻人到多远地方留学，看到了多少花花世界，最终都还会选择回归家园，说到底，还是自己的家好。"

多吉点点头："说得对，对抗一天发展的诱惑不难，难的是能够年复一年地坚持原则，让这里不会因为渴望发展，而忘记了人们纷纷涌向这里的初衷。"

20 世纪 70 年代起，不丹才逐渐对外打开大门，并用独特的人文自然风光吸引着大量游客。不过，我们都知道，为了保护这一独立于现代社会外的"香格里拉"，不丹政府和人民采取了提高旅费和限制游客人数的措施，一定程度上实现了保护的目的。

当然，据说假如你能够得到不丹当地人的特别邀请，就可以不以团组形式旅游，也能够在停留时间上有所延长。于是，离开不丹前，我也曾向桑姆和多吉提起，今后有机会，希望获得他们的邀请，他们爽快地答应了。

如今，我还会在桑姆的"脸书"个人专页上了解她的近况，特别是她经常贴出可爱的5岁儿子的照片；可惜，多吉在后来与我通过几封邮件后，断了音讯，令我十分牵挂！结束印度工作后，我来到美国继续当"驻客"（自创词语，形容我们这样驻外的异乡异客们），对不丹的关注不可避免也少了。前些日子，我突然接到曹老师的信息，希望我写点关于不丹的感悟，我欣然答应，才有了上面这洋洋洒洒的文字。

此时此刻，我的脑子好似被掏空了般，不丹的一幕幕却宛如昨日。走过这么多地方，不丹的确是一个世间少有之所在，因为它独特、孤傲、神秘。而我也无法真正向你们说清楚这样的一个地方，正如不丹活佛宗萨钦哲仁波切所言："我永远不能和你分享我正经历的，我所经历的，只有我能经历。"

谢谢小廖给我的这些文字，尤其是他的观察和角度，即使个别地方与我的看法不完全一致。

过年了

服装鲜艳多彩的舞者戴上各种动物头像，排成各种队形起舞，意为祛除邪魔，普降吉祥。遇到重大节日，不丹各地都会表演这样的舞蹈。

岗提寺为庆祝新年的祈福表演

黑颈鹤聚集的富吉卡山谷

　　2016 年的 2 月 7 日是咱们中国人的大年夜，告别羊年，迎接猴年。不丹人也按照他们自己的阴历历法过大年，今年正好比咱们晚一天，也是送木母羊迎火雄猴。当地英文报纸 KUENSEL 的年终专刊头版就画着一只行走过来的猴子，还引用星象家的话告诫民众这个猴年会多火灾和暴雨。

　　不过，报上也刊登了一条令人高兴的消息："今年冬天飞来的黑颈鹤达到破纪录的 609 只。" 2 月 3 日，不丹全境的黑颈鹤栖息地同时点数，得出这个结果。从 1987 年开始到 2014 年，不丹每年平均迎接的黑颈鹤只有 415 只，早先有人还担心这个冬天

从西藏飞来过冬的黑颈鹤

数目会减少呢。

　　在中国，信奉佛教的藏族民众喜爱黑颈鹤，视为吉祥神鸟。不丹的黑颈鹤正是从西藏飞来，同样也被不丹人视为吉祥物，绝不伤害。年复一年，每当秋天庄稼收割之后，成群的黑颈鹤就从北方飞来过冬；临近清明时分大地回春，它们又飞回北方生育繁殖。这个冬天有这么多黑颈鹤到来，应该预示着猴年吉祥吧。

　　我们除夕这天早上起来时，阳光正努力穿透笼罩富吉卡河谷上空的雾气，白茫茫一片的背后似乎已经传来鹤群飞过的鸣

黑颈鹤

叫。雾散之后，我们穿过山冈上的松林徒步下到河谷盆地。穿过村子，那儿就是黑颈鹤的栖息之地。村子的一户农舍附近就有像是一家子的四只黑颈鹤在地里觅食，不远处农民开着手扶拖拉机耕地。"为避免惊扰濒危的黑颈鹤，政府不让把电线拉入，耗费高成本给农民装上太阳能发电。"（秦朔）

空气太透明了，远处的一切都可以清楚看到：弯曲的河道犹如闪电，一清到底的河水反射出刺眼的阳光。马匹散布在草地上信步行走，一匹小马半个身子陷入泥淖不断挣扎，后来在农民的帮助下得救。附近右边有一座白塔，左前方有一座不大却有悠久历史的寺庙，那里的小作坊用传统的工艺生产藏香。我们身后的山坡上竖着一从白色的经幡，被风吹着——富吉卡河谷的自然保护区就是如此静静地，在冬日的阳光下展示她的全部美丽。

不时有黑颈鹤排成人字形从前方天空掠过，就看我们够不够敏捷举起相机按动快门。走在前面的团友突然发现几百米外的河边有许多黑点白点，原来那是一二百只黑颈鹤，太难得了！老纪悄悄向它们靠近，举起相机拍下了这一场面。不料一位穿着红色外套的团友出现了，黑顶鹤好像受到了刺激，立即腾飞起来，一只不留。我们走在后面的，只能在自己的相机里留下它们在空中的队形，美极了。

带着黑颈鹤送来的喜庆气氛，我们回到岗提酒店。这家精品酒店坐落在山坡上，面向富吉卡河谷。大门外就是村子，泥土的道路，白墙红檐红窗的农家。进了门才知道设计者的别有用心，藏着一种低调的高贵气息。客房才十几间，每间的窗户都面对山林与河谷的美景。房间舒适温暖，最吸引我们的是噼啪作响的炉火。前一天晚上我们刚住下，就都急不可耐地请酒店员工帮我们生起火来，直到把房间里那一桶干柴烧得一干二净，才在暗红色余烬的微光中上床睡觉。

到了下午可以去学瑜伽，也可以去学不丹国技——射箭。我

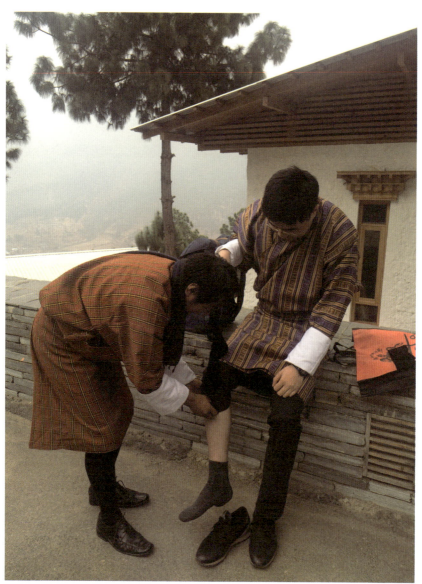

在导游的指导下穿帼的团友

岗提寺庙外景

选择休息，为晚上活动保存精力。傍晚到来前的一大期待，是我们会像不丹人那样隆重地穿上帼或者旗拉来过除夕之夜。每个人的服装都已经选好，挂在自己的房间里，我本来中意的是黑色加白袖的，可惜没有我的尺码。年轻人更是对穿上不丹国服的味道充满好奇，团友早在前两天刚到达首都廷布时就已经买了一套帼（约合人民币 300 元，最便宜的帼大约 2 500 努，不到 300 元人民币，好一点的四五百元，也有更贵的，看材质），还在大家面前试穿起来。男士穿帼的时候，里面除了相配的黑丝长筒袜子还要不要别的什么，成为大家饶有兴趣的讨论话题。

穿帼还挺费劲的，酒店专门派了员工一对一地帮助我们，花了不少时间。当我们穿着不同颜色的帼和旗拉出现在餐厅时，最重要的事情当然是拍照。这样的时刻，以这样的方式我们汇聚一起，只能说是缘分吧。大厅里的气氛顿时热烈起来，火炉里面的干柴也开始噼啪作响，烤得人暖洋洋的。大厅中间，是为我们特别安排的长桌。

今天晚上，岗提古寺的住持特地前来为我们这些来自中国的朋友祝贺新年加持祝福，庆贺中国新年的到来。岗提之地因那座面对富吉卡河谷的岗提古刹而得名。寺庙于五百年前动工兴

大年夜盛宴

建，为藏传佛教宁玛派（红教）在不丹的唯一道场，住持是建寺者贝玛林巴的第九世转世，称为岗提"祖古"。

虽说是在不丹，端上桌子来的却有龙虾、鲍鱼，还有北京烤鸭。不丹也有北京烤鸭？对，就是北京烤鸭，专门从北京带过来。这是众信奇迹旅行同不丹接待方汤迦文先生的精心安排，龙虾和鲍鱼同样是特别为我们准备的，也让岗提山庄那位来自马来西亚的华人女大厨有机会一显身手。

餐桌上的蔬菜是本地出产，各种肉类应该是从印度进口。不丹人多信奉佛教，不杀生，从 20 世纪 80 年代开始全国都不再屠宰牲口，也不再为吃肉而饲养动物。但他们中仍然有吃肉的。当地供应的一部分牛肉出自受伤不治或病死的牛，猪肉、鸡肉和海鲜主要从印度进口，城镇里面开肉铺子的也都是印度人。

过去一年不丹朝野争论的一个议题，是要不要建立一所新的屠宰场来加工生产肉类制品，专供高档酒店的外来游客以及本地的食肉家庭消费。由于各方意见分歧，反对声音不小，一直议而不决。统计数字则表明，不丹民众对肉类的需求和进口量都在增加。

年夜饭后围着篝火跳舞

　　我们喝着当地出产的啤酒和印度厂家酿制的红葡萄酒，发现北京的央视春节晚会已经开始，两地有两个小时的时差呢。手机微信里各地朋友的拜年潮水般涌进来，叫我们应接不暇。

　　带着酒兴，我们来到外面庭院的篝火旁，与那里的姑娘和小伙子手拉手围成一圈，跟着他们的歌声和节拍挑起舞来，就同咱们藏族跳锅庄一样。每个人的脸都是红彤彤的，分不清是酒色还是篝火的红光。这儿是喜马拉雅山脉南麓，虽说温差大，夜晚的温度却比北京、上海暖和不少，微风怡人。

在岗提寺点燃祈福的烛光

　　临近午夜，我们一起穿过岗提村庄，前往 3 公里以外的古寺。打着手电筒，摸黑走在高低不平的泥石路上，很有 50 年前在皖南山区下乡时的感觉，带点神秘。寺庙的大门还没有打开，两侧古老的壁画在昏黄的灯光下，告诉我们千百年前的故事。时间到了 12 点，新的一年来临了，我们在岗提古寺的大殿里参加了特别的新年法会。回到岗提山庄，点燃房间里的火炉，把桶里的木柴都扔了进去……

　　新的一天是不丹人的除夕，我们清早又来到岗提寺，参加当地人的法会。结束时，寺庙的僧人为我们专门表演了一场面具

面具"神舞"

"神舞"。服装鲜艳多彩的舞者戴上各种动物头像，排成各种队形起舞，意为祛除邪魔，普降吉祥。遇到重大节日，不丹各地都会表演这样的舞蹈。政府还会到各地乡村挑选优秀的舞者，但近年来愿意参加的农民越来越少，因为会耽误农活或家中的事情，且政府补贴太少。

　　我们新年活动的最后一项，是到岗提寺佛学院后面的小坡上，挂上写有自己新年祝愿的经幡。岗提佛学院相当有名，课程长达 9 年。一排白色的平房专供修行的僧人打坐，他们须在里面闭关三年零三个月又三天，不得外出，连餐饮都有人从外面送进

挂经幡

来，极为严格而辛苦。

傍晚我们从岗提回到普那卡，盘山公路弯曲起伏，路面坑坑洼洼。一侧是随时可能有滚石落下的山崖，一侧是多有塌方的深沟，好些路段只能容一辆车子缓缓通行，据说只有不丹当地人司机敢开。坐在车上的我们也有点提心吊胆，像我就一路都不敢怎么打瞌睡。

导游告诉我们，不丹人会造普通的房子，高一点的楼房和国家工程项目多数由印度公司来做，有的还是印度援助、资助，

不丹公路险象

技术、工人和设备也多数来自印度，包括修建公路。难怪我们会在公路边的工棚附近，看到一些肤色黝黑、衣衫不整的工人，应该就来自印度。我去过两次印度，能够理解为何这一路的颠簸。

从当地报纸上看到，不丹东部有两条新的公路已开建多年，只是工程一再延误。一条全长只有 12.5 公里的公路 2015 年 11 月举行开工仪式，到 2016 年 2 月初只推进了 500 米。原因无非是山岭陡险，重型设备运不进去。又说天冷导致设备故障，已经换掉三台空气压缩器。按照目前的进度，估计要到 2017 年 6 月这条公路才会打通，2018 年 3 月大致完工。到时会不会又要延期，天知道。

岗提古寺经院中的僧人

　　还有一条全长 50 公里多一点的山地公路自 2006 年开工，到 2016 年 2 月还有最后 1 公里尚待开通。由于多次更换承建商，这项印度政府援建、最初预算为 10.02 亿努（今天约合 1 亿人民币）的工程一再拖延。沿线 12 座四五十米长的桥梁，至今还有一座在建、一座即将开工。已经开出的路面常有塌方堵塞，阻碍机械设备进入，谁也不知道确切的完工日期。

　　接近傍晚，我们回到了普那卡，再次住到了精致的丹萨山庄，在全木结构房间散发的香味中入睡。第二天是当地人的大年初一，早餐我们尝到了两种不丹美食，加奶酪煮的咸粥还有加果仁和葡萄干的黄油甜饭，都味道很好，据说不丹人大年初一早上一定要吃这两样东西。过年放假，他们会有什么活动呢？射箭。下午我们从普那卡去帕罗途中经过首都廷布，就看到公路旁边的运动场上不少穿着簇新帼衫的青年男子在射箭。射箭加足球，就是不丹的体育。

体验不丹传统射箭的游客

质朴的
不丹人

白马告诉我们到了不丹不会丢东西，买东西不用讨价还价，该什么价就什么价，店铺也不会作假。

导游白马先生

　　质朴不等于愚钝，我们的导游白马先生就是聪明能干的男子汉。不丹只有王公贵族有姓，平民百姓只有名字，出生后请喇嘛为他们选定，也就是在规定的几十个名字当中挑选两个。白马的全名是白玛南佳，"身、口、意"的意思。但他喜欢简称白马，让来自中国游客联想起白马王子。

　　白马的汉语说得很溜，却不会读更不会写。原来他早年去印度认识了来自西藏的朋友，跟着他们去了台湾打工，一待就是14年。其实，他除了会讲英语、不丹语和汉语，还会印度、尼泊尔等地的语言，也会讲藏语。不丹全国只有30个会讲汉语的导游，现在中国游客多了起来，白马有了用武之地。

白马告诉我们到了不丹不会丢东西，买东西不用讨价还价，该什么价就什么价，店铺也不会作假。不过，近些年市场经济的发展对年轻人影响不小。回到帕罗，我们去汤迦文先生同朋友一起经营的中式火锅店吃晚饭。他说开这家餐馆的两个年轻朋友做亏了，把老爸的积蓄都赔上了，

帕罗街头行人

只能改做中国游客生意。他说："现在年轻人都想干自己的事业，但一点经验也没有，不知道怎么干。"

不丹实行公费教育，成绩较好的 60% 的中学毕业生可以继续依靠公费读大学，最优秀的还能够出国深造。不过，年轻人的高失业率已经引起关注。从统计数字看，不丹的整体失业率从 2013 年的 2.9% 下降到 2014 年的 2.6%，已经接近充分就业。但年轻人的失业率仍然高达 9.4%，其中女青年的失业率更高达 10%。那些找不到工作的人，主要是由于缺乏工作经验和专业技术，跟中国的应届大学毕业生情况差不多。

不丹现在的一些年轻人也开始追求高消费，如购买汽车，

岗提的富吉卡谷地

用传统方法织布的不丹女孩

钱不够的话可能就卖地，或者向政府或银行借钱。有趣的是，谁如果成功得到一笔贷款，就会在本地的电视台里公布出来。几年前即使在廷布和帕罗都看不到多少汽车，全国城镇没有一处红绿灯。现在不同了，平均每天要进口 22 辆汽车。

　　不丹人究竟是怎样的，又如何待人处事？凤凰卫视老同事郭方有她的观察，请看她回到香港后仍然保留的感受：

和不丹人聊八卦

　　旅行不丹，都必须由导游和司机陪同，没有自由行。我们接触最多、有机会深入聊天的就是导游和司机。我们的导游是个

20 岁出头的帅小伙，2015 年 12 月才考取导游证，我们是他接的第四个团，也是第二个来自中国的团。他告诉我们第一个中国团只有一名来自北京的女孩，因为女孩的男友是不丹人，所以那一程三个不丹人围着一个中国女孩转，他打趣地说白天他做导游，晚上女孩男友做导游，他很轻松。

　　从这个中国女孩我们聊起了婚姻话题。他说不丹的跨国婚姻不多，主要是和附近国家，比如和尼泊尔人联姻。后来我查资料才得知，不丹曾禁止异族通婚，直到 30 年前才废除法令，以便能让境内尼泊尔人融入不丹社会。而至于其他外国人则不鼓励通婚，甚至还有惩罚性条例：和外国人通婚的不丹人会被取消奖学金、不能担任公务员。国防和外交人员更严禁外籍通婚。（参

与同行的朋友在不丹山路上散步

考叶孝忠《慢行不丹》)

我们的小导游很是羞涩，常被我们调侃，但是我们的司机阿旺不过30多岁已经历过一场失败婚姻。当听到他离婚时，我颇为吃惊。住在幸福国度的人们难道婚姻也和其他国家一样的有其不幸吗？司机在加入旅行业前，是一名运输卡车司机，在印度和不丹之间来往运建筑石料。他说他的前妻嫌弃他只会开车，赚不了大钱，所以离开他，嫁给了他的老板，做了老板娘。

阿旺因为长期跑运输大病一场，在切了胆囊之后转行做旅游司机，坎坷湿滑的山路在他脚下都不是一回事。所以阿旺说他再找老婆不看外表只看品格（那看来他前妻挺漂亮）。我问阿旺："你不气愤吗？"阿旺一边做手势一边说不，他说心不善的人不要也罢。

不丹女子的法定结婚年龄是16岁，男子则为21岁。我们的小导游24岁了，但不肯和我们说是不是有女朋友。不过肯定的是他是由由恋爱。不丹20多年前才开始了自由恋爱的时代，这以前都是通过媒妁之言或相亲而结成连理。再加上不丹是相对长期封闭的农耕社会，男女结婚就是两人住在一起这么简单，夫妻间更多的是以道德而非法律作为约束。

婚后男方入住女方家也很普遍。因为宗教的原因（白玛教允许娶多妻），一夫多妻是被允许的，但成本很高，必要取得原配夫人的同意；原配夫人有权要求离婚并取得赡养费。经济成本高逼得不丹男人相对专一，当然有钱人排除在外。

帕罗街头行人

其实不丹妇女的地位在南亚国家来说算是高的。如果男人不小心让女人怀孕，他必须支付所有医疗费用，两成薪水还得拿出来做小孩的抚养费。而在一些地区，女性是财产继承人，和男性地位相同(参考叶孝忠《慢行不丹》)。我们在廷布泡了回当地的热石浴，看中了店家的木质米酒壶，爱不释手地死乞白赖地求店家卖给我们，看店的小男生打电话问家长，他问的是妈妈不是爸爸。

幸福之源——平等

佛说众生平等。佛国的基础教育真正体现这种平等。

旅行不丹前已经知道当地导游以英文为主，但是由于担心我们的英文不够好，理解不了佛意，理解不了佛国，特意找了一家号称不丹首家专门提供中文导游服务的旅行社。不过旅行社领导说我们的英文顶刮刮，用英文导游完全没问题，况且他们的中文导游水平不太高。呃？还有这么诚实的领导。好吧！

帕罗机场一见面，哟，小帅哥呐！第一印象不错，可一开口，蒙了！啥？没听太懂，连我那英文比中文好的半个美国人的小伙伴也傻了，猜半天才明白，他在告诉我们接下来的行程要去哪儿。坐上车后小导游正式地介绍他和司机以及问候我们，就这些也是我们连猜带蒙听下来的，更别提不丹概况介绍了，好在带了本不丹概况的书。

小导游这一口印度腔英文，勾起了小伙伴痛苦的回忆——她

丹萨酒店

大学期间被印度教授又快又卷的舌头折磨了一个学年。幸好有位经验老到及口音不太重的司机师傅在一旁解释和补充，我们才能顺利沟通。我们猜测应该是旅行社配了一名师傅给小导游。后来熟络了，小导游说他来自不丹东部和印度接壤的省份，学校里的老师是印度人。不丹曾经所有的教师都是印度人，近几年才逐渐由本地人担任，不过那印度式英文算是一代代传承不会改了。

　　不过我们同线的其他旅行团的导游也有说一口标准伦敦腔英文的。司机师傅告诉我们，不丹实行 10 年免费教育，成绩优秀的学生由政府资助给奖学金，也有家境富裕的人出国留学，因为不丹只有一所公立综合大学和一所私立大学，一些专业高科技学科就要到印度等别国学习。成绩稍差的也可以就读技校或职业学校。不丹政府十分重视职业教育，以应社会之需。

幸福之源——信任

安排我们行程的旅行社是不丹当地的旅行社，我们从曾光顾他们的小伙伴那里得到这家旅行社的电邮和联络人名字。冲着他们号称不丹首家提供中文导游服务的牌子，写了封询价电邮。很快得到电话回复，然后就是旅程安排信件和微信的往来，直到我们上机抵达帕罗，旅行社除了确认我们会以现金支付机票和食宿等一应开销外，没收任何订金押金。

原想到了不丹第一天会有人来找我们收钱，可是没有，和我们联络的 Sam 除在电话中欢迎我们抵达之外，根本没提钱的事，七天七夜的一应用度花费全部由旅行社垫付。当小导游在餐厅签字确认我们的用餐时，我们还开玩笑地谢谢他这位老板。直到离开不丹的前一晚，不丹旅行社的 Sam 来和我们一起用晚餐时，我们才付清旅费。

我很好奇地问 Sam，就凭几封信件也没见过我们，他就不担心我们不给钱吗？作为宁玛信徒的 Sam 说他相信我们不会做这样的事。而就算不幸发生了，那也是天意。我们感动他对我们的信任之余，也慨叹信仰的力量。

帕罗芝华林酒店

不到 50 岁的 Sam 应该是算不丹的中产，他大学毕业后在美国快运工作，后来自己开了旅行社，1997 年梁朝伟和刘嘉玲的不丹大婚，让他看到商机，先是把自己的弟弟送到成都读中文，接下来就开拓中国大陆市场，成为不丹最大的提供中文导游服务的旅行社。他定期把旗下导游送到成都培训，却没有和员工签订任何绑定协议。一切都基于信任，他相信员工接受培训后会在他的旅行社诚心工作。

旅游和水电是不丹今天的主要收入来源。游客又分两类，来自印度、孟加拉国和马尔代夫的为"区域游客"，2015 年有了大幅增长，头八个月就比上一年同期增长了 77.25%，达到 66 832 人。这类游客不需要按规定每天支付 250 美元（旺季）或 200 美元（淡季）的费用，住的多是中低档酒店。

另一类就像我们这样的国际游客，过去一年人数估计减少了 12%，跌幅之大有点异乎寻常。在不丹从事旅游业的汤迦文先生说，不知为什么这两年来自中国的游客也大幅下降，这个春节比去年起码少了 1/3。

国际游客的减少，让不丹感到恐慌，也引发了一场关于旅游业开放的争论，焦点之一就在要不要维持国际游客每天必须支付 250 美元的僵化制度，改善游客的性价比感觉。另外一个争议，在于要不要改变现在国际游客必须通过不丹旅行社组团旅游的强制规定，改为可以自主选择食住行的自由行，不丹政府正在起草的《经济发展政策》就如此规划。争论的背后是不同行业的从业者各有自己的考虑，都要维护自己的利益。

不丹
骗你吗

童话里都是骗人的吗？

不丹好玩吗？要看你想玩什么，怎么玩。2016 年 4 月初，网上出现一篇痛批不丹游骗人的帖子，一时流传颇广。但很快又出现对它批驳的帖子，认为文中所说的事情大多不符合事实，甚至作者自己有可能上当受骗。

还是先看一下那篇引发争议的文章《不丹是世界上最幸福的国家？骗鬼啦！》（2016.4.2，来源：旅行杂志《携程自由行》）：

这些年，当我们在网上搜索关于"不丹"这个词时，肯定会看到这种标题:《快乐王国不丹：探访全世界最幸福的国家》。

不丹的国王和王后颜值双高，在各种文章报道中也常被写成一段佳话。当年梁朝伟和刘嘉玲还来到此处举行婚礼！于是无数被打动的小伙伴，即使这个国家未跟中国建交、无法直飞、签证费 150 美元、只能跟团也毅然前往，只为看一眼这个不追求 GDP、只追求人民幸福的国家长啥样……

最近，我的一位粉丝就去了这个秘境之国一探究竟，以下是来自他的真实评价：

马上就要离开不丹这个鬼地方了，鉴于亲身感受了这个地方，我觉得有必要说点什么。

1. 最该被谴责的是那些专门坑骗中国人的不良旅行社，他们在各大媒体铺天盖地写不丹美景的软文，构建虚伪舆论，把一个黑暗落后的国家吹成人间仙境。

2. 不丹国王和王后的那点事天天贴，无良小编收了多少黑钱？怎么不吹嘘一下不丹国王还娶了四胞胎呢？王后是平民？人家是留学归来的印度裔贵族，不丹国王为何和她结婚用脚趾头也能想出来！

3. 不丹一直以禁区而闻名，不仅不跟中国建交，与联合国五个常任理事国均无外交关系。其实位于中印之间的不丹就是印度的一个"特别行政区"，旅游利润大量输入印度。

不丹人肯定是幸福的，作为一个控制平民不让看电视的国家的人（不丹近期才开放有线电视信号，外边的世界啥都不知道），当然幸福了！

4. 所有景区的厕所全都不能冲水而且露天（落后呗，无基础设施可言），厕所"收银员"仗着资源稀缺愣是把价格炒到了10美元一次！

5. 随便一个破景点就七八十美元！不丹皇宫200美元，还只让在院子里逛逛不能进！坑死！

6. 进了景点还有付费节目，一群人过来狂魔乱舞一阵就要收费，不给钱不让上大巴。

7. 网上也是一大堆不丹旅行社利益相关的水军，看着就烦。

8. 真想穷游，西藏随便哪个地方都比这里强！也不会被每天强制消费 200 美元。除此之外，外国人每天强行缴纳 250 美元给当地旅游局！

最后两天消费总计 2771 美元。2771 美元，换算成人民币就是 18 000 元，而且是一个人 2 天的消费！这价格在欧洲玩一小圈是绰绰有余了！

也许不丹人民是真的幸福的……但是国内旅行社利用信息不对称牟取暴利，当地人利用资源匮乏狠宰游客，根本就是一种不负责任的行为，严重点说这简直就是诈骗！

忘记梁朝伟和刘嘉玲吧，童话里，都是骗人的啊……

珍爱生命，远离不负责任的跟团游！

就在同一天，网上又传来另一篇关于不丹的文章，题为《作者一定是被黑心旅行社骗了！关于不丹的谎言与真相》：

① 今天，微信公众号出现一篇文章《不丹是世界上最幸福的国家？骗鬼啦！》。

作为去过不丹、对不丹略有点了解的我，颇为吃惊。点击进去，读完文章，我初步得出结论：作者肯定没有找正规的旅行社，而是被黑心旅行社欺骗了。

---

① 《幸福经济学》，刘正山，2016 年 4 月 3 日。

不丹寺庙里的喇嘛

　　第一，关于景点收费。作者列举了很多例子："随便一个破景点就七八十美元！""不丹皇宫200美元，还只让在院子里逛逛不能进！""厕所'收银员'仗着资源稀缺愣是把价格炒到了10美元一次！""强制收费节目，不给钱不让上车"……我是2013年8月去的不丹。我从未发现哪个景点收费，也没有遭遇强制收费节目。上厕所，也没有遭遇收费。不丹的皇宫，进门的时候，只有安检，没有收费。

　　至于作者说，两天旅游，要"2771美元，换算成人民币就是18 000元，而且是一个人2天的消费！"我更觉得他被骗了，不可能这么贵的。一周的费用，也够了。

　　第二，其他很多地方说得也不对。（1）"王后是平民？人家是留学归来的印度裔贵族"。我没有仔细考证，在当地，也说王后是平民。其实，从长相看，也不像印度人。（2）关于不丹是否为全世界最幸福的地方。这个，作者也是被某些人骗了。不丹的幸福指数值，从未被排名到世界第一，最好的排名是亚洲第一。（3）作者说的"不丹人肯定是幸福的，作为一个控制平民不让看电视的国家的人（不丹近期才开放有线电视信号），外边的世界啥都不知道当然幸福了！"也不对。实际上，开放也有十来年了，现在的不丹民众不仅可以看电视，还可以上网（我在不丹的时候，手机没法用，就用Wi-Fi上网，有过体验）。

　　其实，不丹的统治者还是很开明的，改革从自己开刀，主

寺庙里的喇嘛

动实行民主制度，国王变成元首，首相主导政府而且实行两党竞选。政府的高管，退休并无特殊待遇，比如其国家的 GNH 委员会秘书长塔斯蒂姆跟我说过，等他退休之后，就是一个普通人，什么待遇都没有了。前任首相利翁波·肯赞·多吉，在家中接见我们，居住的就是一普通别墅，没有仆人，没有保安，他老人家亲自开门。此外，不丹实行 12 年的免费义务教育和免费医疗。

　　的确，"不丹绝非乌托邦，也不是香格里拉"，但是不丹的幸福治国理念值得借鉴，政府的治理经验值得学习。实际上，2011年 7 月，在不丹的提议下，第 65 届联合国大会通过了一项题为"幸福：走全面发展之路"的决议，建议成员国"走全面发展之路"，将"幸福"的指标纳入"国家发展指数"的考核中。后来，

不丹僧人

联合国将每年的 3 月 20 日确定为世界幸福日。

接着网上又见到更多争论文章,很是热闹啊!再看一篇《梁朝伟、刘嘉玲情定终身的这个世界上最幸福国家,值得去旅游吗?》[①]:

近日一篇名为《不丹是世界上最幸福的国家?骗鬼啦!》的文章,从一个旅游产品营销微信公号流出,在网上广为流传,给人们对不丹的向往泼了一盆冷水。

---

① 《每日经济新闻》,丁舟洋,2016 年 4 月 6 日。

身经百战的我们悟出了一个道理：但凡是国家法定假日，到祖国的哪里都是人、人、人……

世界那么大，去哪看看？小众的旅游地也逐渐热门起来。喜马拉雅山麓深处的国家不丹，与包括中国在内的诸多国家都未建交，在全球化的大势中逆水行舟，似乎维持着世外桃源般的纯净、神秘之感。

近年来，刘嘉玲、梁朝伟在不丹举办婚礼，汪小菲和大S在不丹度蜜月……明星的选择更让大众向往不丹。

童话里都是骗人的？

但想要一窥不丹芳容门槛还真不低，不丹未跟中国建交、无法直飞、只能跟团，而且费用颇高。

一篇名为《不丹是世界上最幸福的国家？骗鬼啦！》的文章，给人们对不丹的向往泼了一盆冷水。据文章的作者表示，他在不丹两天时间，一人就花了约合人民币18 000元。而且很多项目是强制消费。景点也不尽如人意，还控制平民看电视……总之该作者就是觉得被不丹"幸福""纯净"的宣传给洗脑了，不丹各种脏乱差，别信童话，童话里都是骗人的。

此文一出，舆论沸腾。不过，很快就有人站出来。

国际领队、旅游作家叶凉认为《不丹是世界上最幸福的国家？骗鬼啦！》一文漏洞百出，作者根本就是没去过在瞎YY，有炒作嫌疑。

其实，就在这件事情发酵的几天前，小编在不丹的邻国尼泊尔旅游，也想去不丹。彼时小编向尼泊尔当地的旅行社了解到，该公司在不丹也设有旅行社，承接从尼泊尔到不丹的旅行业务，一个人两天半的费用是6700元人民币（而且是两个人的精品小团，倒是没有那位作者所言的18 000元那么猛）。和叶凉所说一致的是，这笔不丹的旅游费用，包括签证费、往返机票、住宿（三星级标准）、餐饮、景点门票、导游费、当地交通费，没有付费项目。

4月3日，上述旅行社方面和叶凉均对小编说，不丹设定了旺季约250美元（约人民币1600元）、淡季约200美元（约人民币1300元）的游客每天最低消费金。不丹政府规定，这笔费用必须提前打入当地有资质旅行社账户才能出签证及机票。而这笔钱也将全部抵消在不丹的食宿、门票、导游费、地面交通费用中，没有到了当地再出现付费节目、收门票钱等事情。

真相究竟如何？

小编联系到了首发出这篇文章的公众号运营人，他对小编表示，自己并没有去过不丹，这篇文章是一位粉丝去了不丹后所写，他经过粉丝同意后将文章发出，没想到会有那么大的争议。"根据这位粉丝的说法，他觉得被黑心的旅社欺骗，而且在不丹看到了很多不堪，心理落差过分巨大"。

小编希望能采访到这位的粉丝本人，上述公号运营人称对方表示不方便接受采访。

那会不会是这位旅客真的去过，但真的遇到黑心旅行社，而发生了上述遭遇呢？"要么就是他在吹牛，要么就是他想通过非法途径入境想占便宜结果被坑，"叶凉对每经小编说，"就只有这两个可能性了，没有第三个可能性了。"另外，不丹国内没有所谓黑旅行社。因为旅行社申请资质很困难，旅行社是当地高收入、高地位的事业，政府管制严格，从业者也很谨慎。如果从业者被投诉，后果对他们而言不堪设想。

抛开那篇帖子的真伪不提，话又说回来，不丹每天250美金的最低消费着实不低，玩个四五天下来，都能够在欧洲遛遛了，这个经济并不发达的南亚小国为什么旅游那么贵？

据了解，不丹本来就不是穷游之地，不丹的旅游收费有严格的规定，每天每人最低250美元，包括了除购物外几乎所有费用。这个严格的收费规定恐怕是不丹旅游最独特的地方，但是这个高收费的初衷并不是为了暴利，从这几十年的执行情况看来，这个高收费的政策有效保持了不丹的自然和人文环境。

小编也从其他旅游者贴出的游记中梳理了游玩不丹的亮点和要点：

1. 不丹是一个将自己的民族文化保护到极致的国家，即便是最倾向现代的建筑依然会保持房顶和窗户采用传统的民族式样。不丹公民在正式场合也都必须穿戴民族服装。

2. 不丹是一个全民信教的宗教国家，户户都供有神龛。所以大量的传统庙宇，也是不丹旅游的重要参观景点。

3. 不要再感叹不丹玩一圈比欧美游还贵啦，不丹本来就是奢华游目的地。有一位在不丹玩了花费 6 万元旅费的旅友分享道："不丹从来就不是一个性价比高的目的地，他并不适合'穷'游的旅行方式，更适合已经遍览群国、游历丰富，愿意付出奢价去体验体验'这种所谓最幸福'的人。"

至于不丹现在还是不是未被外界改变的"纯粹天堂"，叶凉是这样认为的："我一向不认为不丹就是纯粹净土，在这污浊尘世哪有天堂？事实上，城市化与开放让不丹年轻人的想法，已经和父辈大相径庭。城市越来越大，霓虹灯越来越多，流行音乐也逐渐会传进莲师的耳朵。我爱不丹的静谧，更爱静谧中汹涌的暗流。充满智慧的年轻王室能不能建立一个经久不衰的国度？佛教理念铸就的封闭须弥山会不会在某天坍塌？来世的福报和今生的享乐如何达到平衡？这种全球化铁蹄下逆水行舟般的文化冲突与坚守，分外让人着迷。"

看了这些文字，我不禁想问：不丹可知道自己被中国网友炒成这样？

我发现，到过不丹而且喜欢上那里的人还真不是一个两个。熟悉不丹网名为维色SUN的作者在《不丹骗得好辛苦！》一文中有此结论："对于一个通过苦心经营至今的国家，我真的觉得如果这是一个骗局，不丹骗人骗得好辛苦！"

央视日本东京记者王梦，早几年派驻印度时有机会去不丹采访。她看了不丹引发的争论后，推荐朋友去看网友"悟空"的博文《不丹——这里不是天堂，但也不容污蔑》。王梦还说："当初我从不丹飞尼泊尔，到机场被告知'您的飞机提前两个小时飞走了'；但也正是在飞去不丹的航班上，我走到同机的首相面前求采访，然后就被接受了。不丹人的英语是全南亚最好的，虽然国王提出'最幸福国家'的营销理念，但并没有忽略最实际的需求。感觉南亚诸国都因为过于复杂奇特而容易被误读。真心希望这个连外交都由印度代管的小国能够被用平常眼光看待。在描述上，此篇是一个客观的交待。"

国内网上这场不大不小似又突如其来的争辩，对不丹来说或许是个意外收获，比刘嘉玲、梁朝伟的帕罗婚典让更多中国民众有兴趣深入了解不丹、懂得不丹。

再见，不丹

看，对那儿有更多的了解……我很想有更多机会再去不丹

在我们离开不丹飞曼谷的回程飞机上，我们又见到了当今的
王太后，也就是旺楚克四世所娶的四姐妹当中的一位。她来为自
己的父母送行。

那天飞机很准时。我们登机后看到好多人聚集在机舱门口，
梯子下面又铺上了红地毯，一排人等在边上，与那天王妹全家
到达时一样。不一会儿来了一辆丰田 SUV，走下一位光头老人，
穿帼戴着墨镜，有人为他打伞遮阳。同一时，后面又走来一位老
妇人，旁边那位穿着红色夹袄的中年妇女形似她女儿。接受了送
行行列的致敬，他们一起登梯进了舱门，空中小姐都俯身为礼。

帕罗国际机场出境处

老人坐下后，送上飞机的那位位红衣女子吻了他们的额头，颇有些动情，告别下机离去。

　　他们登机时候空姐就告诉我们，这对老夫妇就是王太后的父母，四世国王的岳父岳母。我同其他团员一样，马上都拿出手机拍下他们登机的照片，传到微信朋友圈。没想到不丹接待我们的汤迦文先生回我一句："红衣女子就是王太后啊！"原来如此，我后来找出那张6位王后的合照，她是后排右边那位；在前面提到的王室全家福照片中，她就在四世国王边上。

点燃的酥油灯

有报道说，王太后父母和家人在不丹颇有点权势，但看他们的衣着模样和其他旅客没有什么两样，机上也没有为他们采取什么特别的安保措施。一路观察下来，我们吃什么飞机餐他们也吃什么，机上没有为他们提供任何特别的服务；飞机下降时空姐给我们发糖，老太太拿了一颗剥了纸放进嘴里。两老相互交谈细声细气，随行的两位中年女子也是如此，除了在飞机颠簸时惊叫了一两声。她们或许是他们的另外两个女儿或孙女吧。到了印度的 GAYA 机场，他们都下机了。

行文至此，我们也该同不丹说再见了。最后，让我们还是

为家人祈福

回到许多人心中的问题："不丹幸福吗？"我的简单回答是：从每个人自己的感受来说，多数不丹人挺幸福的；无论与我们中国人相比，还是与欧美日本等富裕国家相比，他们的烦恼一定少得多。他们有自己的生活方式，虽然也有变化带来的困惑。

只是不丹再幸福，我也不愿意改做不丹人，因为我们也有自己的生活方式。我很想有更多机会再去不丹看看，对那儿有更多的了解。虽然想去了解，但不能长住，我怕自己会受不了，不只考虑身体是否受得住，还因为幸福有时也会让人感到太闷。

不丹·印象

不丹带给人的印象是多重的，告别不丹，记忆却逐渐变得清晰……

印象之一　这个国家好简洁

到达帕罗机场，从飞机上下来，就有了脚踏实地的安全感；毕竟飞这条航线不是简单的事情。作为不丹唯一对外的空中枢纽，帕罗可能是世界上最迷你的国际机场，同挪威北陲斯瓦尔巴德的朗伊尔机场差不多。整个机场除了我们，旁边还停着另一架飞机。乘客下了飞机，就自己拖着随身行李前往机场入境楼，一路还不断拍照，互拍和自拍。

四周干净而简单，迎面而来的一幅巨大照片上，充满幸福感的当今国王和王后正向各位来客问好。我向他们回以微笑，同时深深地吸了几口喜马拉雅山间早晨的空气，一洗半夜起身赶飞机带来的困乏。

二层高的入境楼，里里外外也都简简单单，干干净净；同我们后来几天看到的其他建筑差不多，大块的白墙加上彩绘的门窗、廊柱和屋檐，图案相当精致。托运的行李还没有到，我就在入境大厅四周转转看看。大门左手有两间挂着彩图门帘的办公室，一为外交部签证处，一为农业部检疫处，门都关着；右边则是不丹银行换钱的地方，一张桌子后面坐着一个人。正面一排四个入境处的柜台，后面为一家不大的免税店，醒目的倒是店门上方并排挂着的五张历代国王大相片。大家都安安静静的，不管是

入境大厅里的不丹银行柜台

来客还是入境处的办事人员。

　　还有时间去一下厕所，不仅因为生理需要，也想看一下不丹机场厕所的样子。这些年国内国外去了不少地方，留下第一印象（多为负面）的往往是机场厕所。首先是闻一下气味，不仅外面闻不到，里面也没有什么异味，干净得有点不似厕所。墙面如镜，上面什么也没有，不像咱们这儿喜欢贴上"前进一小步，文明一大步"的文字，也不像欧美国家弄点花花草草、照相画片。后来看到网上有人抱怨不丹厕所如何肮脏，真怀疑他是否跑错了地方。

　　入境大厅里的工作人员，男的都穿名为"帼"的传统长袍，袖子口翻出一尺长的白布，感觉干净简洁。后来知道，这是不丹为了维护自己国家和民族独特性刻意推行的，政府人员上班、学生上学都须如此。而如此打扮，也必须有相适应的干净整洁环境才行。

简单而整洁，就是不丹给我的第一印象。办好入境手续，拿了行李，没走几步就出了大门。当地的导游已经在等着我们，上车后第一件事是给我们每个人的脖子上披上一条洁白的哈达。我回家时带了好多条哈达，这是在不丹收获的第一条哈达。

印象之二　带什么纪念品回家

多少年来我跑了不少地方，但很少买纪念品。一是怕日积月累负担越来越重，日后不好处理，大多压进箱底；二是看中且又在预算之内的东西也不多。但像不丹这种难得一到的地方，年近七十的我未必会有第二次机会，还是想寻找一两件可做纪念的东西，带回家放在桌头案上，不时看看想想。

从机场出来直接到不丹电话公司办好电话卡，还有一个小时可以逛街。帕罗就一条大街，从这头到那头步行用不了半小

帕罗街头的旅游纪念品铺子

时。街两旁倒有好多家售卖旅游纪念品和手工艺品的铺子，除了门外都挂着当今国王或他老爸卸任国王的照片，橱窗里的陈列也都相近，以佛像为多。

还有一种别的地方很少看见的旅游纪念品，那就是男性生殖器样子的木制刻件。有大有小，有的还雕花着彩，都朝上竖着放在橱窗里，旁边或上面就是佛像。关于不丹人的男性生殖器崇拜，之前虽已有所闻，但现在堂而皇之出现在面前，还是依然感到突兀。要带一个回家，但想想放哪儿都不适合，还是算了。

我们在帕罗吃了午饭，最大收获是在餐馆挂的不丹王室"全家福"照片中，认出上午与我们同机从曼谷飞来帕罗的王妹。接着，我们就赶往首都廷布。第二天中午，我们完成了上午的游览，总算有点时间逛街购物。导游白马先生告诉我们，除了工艺品和文物，游客在不丹会有兴趣购买的东西不多。不过可以放心，不丹人不会弄虚作假，一般不会买到假货；也不喜欢讨价还价，一般明码实价不打折。

团友中有人对藏传佛教很有研究，我跟着他们进了廷布市中心主街上一家比较像样的文物商店。上到二楼，看到右手货架上放着一个乌黑的旧盒子，像是紫檀木或别的硬质木头做的，四边镶嵌着铜饰，蛮精致的。打开来，里面装着一只有花纹的铜铃铛。拿起来摇了一下，声音很好听，余音更是久久不散。一下就喜欢上了，于是就买下。

廷布带回的法器

　　好多年前在云南丽江，当地一位朋友告诉我，声音清脆响亮且余音长久的铃铛，一般是铜里含有银的成分。至于这只铃铛的用途和来历，我一无所知。后来请教了同去的朋友和当地导游，才知道那是藏传佛教喇嘛随身携带的法器，有相当的年份，是文物商到各地寺庙搜寻来的。店主还有好几个这样的木盒铃铛，样子看起来差不多，但声音却都不怎么样。导游说，一般的喇嘛不敢用音质很好的法器，因为举行法会念经时要摇铃铛，如果弄错了很容易被旁人听出。声音特别好的铃铛，原先的拥有者一定不寻常。既然如此，对我而言也就物有所值吧。当然，对藏传佛教文物懂行的朋友，一定会有更加精彩的发现。

过完大年我们又回到帕罗，这次有点时间再到街上逛店铺。买了几把旧旧的铸铜插锁。一看就喜欢上了，因为同我外祖母留下的那种中国江南地区的插锁是一样的原理，只是做成了动物形状，羊、鱼、象、虫子等都有，沉甸甸的，带点乡镇古朴的味道。

印象之三 游客都要去邮局

不丹向游客大力推荐的另一种纪念品，是他们的邮票。到不丹旅游，大概都会安排去廷布主街上的国家邮政局，地点就在不丹国家银行对面。门口那只一人高的红色旧英国式邮筒，应该是邮政局的招牌。上面投寄口有铁皮罩子挡雨，还有一行白色的英文字 LETTER BOX（信箱）。下面带把的小铁门用一把锁扣着，上面写着：取信时间为上午十一时和下午四时。

营业厅地方不大，挤满了游客，除了购买邮票当纪念品，不少人用自己或亲友的头像定制特种邮票，还有人换上不丹传统男女服装现场拍照。门口接待处那儿放着邮政局的不少资料，从20 世纪 60 年代的到近期的都有，我取了一套回去当资料。最近拿出来细看了一下，对不丹邮政行业的重要社会意义和发展过程，增加了不少新的认识。可以想象，在这个以往交通十分困难的喜马拉雅高山国家，邮政曾是何等重要的联系纽带！

不丹 1962 年才开始发行第一套邮票。那时全国只有首都廷布、帕罗和庞措林三个城市有邮局，从印度新德里寄信到帕罗起码要 14 天，从不丹东部的塔希冈寄信到廷布大概要两个月之久，报纸就连是否能够送到都成问题。1965 年不丹开始发展全国邮政网，决定在 15 个城镇设立新的邮局。

邮局

　　同时，国家还招聘了一批邮政技术人员，速成培训后再送
到印度进一步提升。新添置的吉普车取代了马匹在山区送递邮
件，1967 年新年刚过，一架直升机只用了 37 分钟就把不丹的第
一批航空邮件从庞措林送到了帕罗。邮政的发展令不丹各地之间
的联系变得密切许多。邮局还为民众办理汇款业务。

　　半个世纪后的今天，不丹仍然把逛邮局当作重要的旅游项
目，因为邮政成为这个本来极度封闭的山地小国接受现代文明的
象征。邮票的发行也带来新的收入。半个世纪以来，不丹已经成
为世界上有名的"邮票大国"。不丹的邮票主题广泛，并且不丹

在很早就发行过有声邮票和 3D 邮票，领先全球。好些颇有代表性的出品，设计、用材和印制（多为法国、西班牙代印）都颇为精良。如 2014 年 7 月底发行的释迦牟尼故事特种邮票，全套 12 张（各一个故事）加小型张，每张都如同一幅画工细密的唐卡，由法国代为印制。但不知真要寄用这种邮票，邮局如何盖戳才不会冒犯佛祖。

邮局门口的邮筒

印象之四　普那卡宗堡登高远眺

我们 2 月 4 日上午刚到不丹，当地旅行社的汤迦文先生就说："小王子快出生了，应该就这两天，所有官方人员都随时待命，要找人都困难。"联想到刚才王妹一家与我们同机到达，大家都有点"赶巧了"的兴奋感觉。只过了一天多，不丹王室就于 6 日早晨宣布："国王旺楚克和王后佩玛的爱子已于 5 日出生"。

王室在不丹地位崇高，虽已君主立宪好些年，但国王在老百姓心目中仍然至高无上。小王子出生，意味着现任国王有了继承人，未来国家会有新的国王。不丹电信公司马上用短信通知每一个用户，即时开始电话费充值"买一送一"。我们所到的每一座寺庙，都在为小王子和王室举行祈福法会，规模最盛的当属普那卡宗堡。

普那卡是不丹旧都，为 16 世纪开国者阿旺朗杰（夏忠法王）所建。如今首都虽然已迁移到廷布，普那卡仍然是不丹重要的政治和宗教中心，最高宗教领袖大喇嘛杰堪布每年冬天都会入住，当今国王和王后 2011 年的婚礼也在此举行。

所谓宗堡，是不丹政教合一政权的象征，为每个地方的最高建筑。前一半是政府机构，后一半就是寺庙。为庆贺小王子诞

巨幅唐卡

生，普那卡宗堡一大早就在主堡正面挂出了一幅巨大的唐卡，色彩绚丽，隔着前面的大河远远就吸引了我们的注意。那可是宗堡的镇寺之宝，当地导游说，除了一年一次庆典会挂出来，平时很难有缘见到。

我们经过廊桥进入宗堡，正当面就是这幅唐卡，即时有了一种"重大事件"发生的感受。唐卡与五层楼的主堡同样高，方方正正，走到前面更显得巨大。唐卡当中端坐在莲花座上的，就是不丹王国的开创者夏忠法王。前面的桌子上供奉祭品，旁边还有一组八个穿着橙黄色服装的消防队员，预防万一吧。

此时，宗堡里面大殿前已经聚集了好几百个大小喇嘛，正在等待进入，为小王子和王室祈福的法会就要开始了。按照规矩，我们这些外来游客不能进入大殿，只能从二层顶上四面凭栏"围观"。法会时间很长，我打算到宗堡的其他殿堂去看看。有一道陡直的木楼梯通向主堡，在那儿遇到了众信奇迹旅行的团友袁文康先生，我们就一起往上攀行。

袁文康是影视演员，之前在电视剧《女医明妃传》中饰演蒙古王，给观众留下了深刻印象。在两部戏的拍摄空隙，他同我们一起来了不丹。他也是我们整团人员中对藏传佛教最有兴趣、最有研究的，每次来到寺庙，他逗留的时间也最长。

进了宗堡主楼底层大堂，见不到几个人，喇嘛都去大殿做法事了。两侧都有结实的木楼梯，我们拾级而上，到了二楼，又到了三楼、四楼。过道旁边的房间都关着门，从镂空的小窗看进去，有的是喇嘛平时做功课的经堂，有的是他们的住处。一块标识用英文写着"女性莫入"的字样，与我们应该没什么关系吧。

这儿的楼梯更加陡直，通向最高处，也就是五楼的屋顶。既来之，则爬之，一定要体会一下顶端的感觉，我们就上去了。大屋顶下面，整个就是一层空地，粗大的木柱子支撑着大梁，只有靠近屋檐的那段木梁才漆上五彩图案。宗堡正面那边的木梁头上装有铁钩，那幅巨大的唐卡就是用铁杆穿着几十只铁环，用铁钩固定起来的。

在父亲河母亲河交汇处留影

　　我们就这样来到了这幅镇寺之宝后面的顶端，唐卡上面还有两尺高的空隙，看出去正是在宗堡前方会合的父亲河和母亲河，视野很是开阔。我们俯身向前拍照，同时也担心露出脑袋引起下面的注意，所以格外小心。能如此居高临下欣赏山水风光，乃一大幸事。

　　联想到挂在前面那幅唐卡上的夏忠法王阿旺朗杰，当年征战喜马拉雅山麓之间，最后选址此地建立普那卡宗堡，应该很有眼光。有两条河流环抱为天然屏障，如果敌军来犯，弓箭手一定能够从我们所站的位置张弓瞄准，把对方将士射落水中。不丹各地宗堡的意义，本来就以军事为上。

　　下到地面已是下午一点多钟，寺庙的喇嘛们正打算把唐卡收起来。地方首长面向唐卡排成一行拜祭夏忠法王，今天的祈福活动接近尾声。离开前我在主堡和唐卡前留影作为纪念，又回头看了一眼屋檐下的最高处，找到我们刚才站过的地方。

印象之五　不丹人挺喜欢玩手机

在不丹的一个多星期里面，我拍了好多关于手机的照片，只要看到有人在打手机、玩手机，就想办法拍下。不只是因为好奇，而是明显感到手机正在改变这个国家，多少年来的封闭状态正在迅速被打破。就像中国、印度的有些农村好多家庭跳过了安装座机的阶段，直接用手机打电话，也跳过了台式电脑和笔记本电脑的阶段，直接用手机上网、看视频，不丹如今也出现了这种跨越式的变化。

今天咱们中国游客闯荡世界各地，每到一处首先关心的是有没有 Wi-Fi，以至有人开玩笑把马斯洛人的需求层次扩大到七个，底下最根本需求是电池足不足，然后就是有没有无线网络。这次到不丹过年，我们都有断网的心理准备，觉得毕竟那儿比较贫困、封闭，没有无线网络理所应当。

没想到从帕罗机场出来，导游直接把我们带到了电信公司的营业处。进去看到柜台后面成堆的账册，我担心那里的办事效率。不料团友的手机很快都换上了当地的新卡，大卡、小卡都可以，我的手机是中卡，排在最后一个处理，也没有问题。手续很简单，买卡就行，打电话上网都可以。

走到帕罗街头，注意到不少行人在打手机，以二三十岁的

不丹农村野外的一家人，母亲在看手机

年轻人为主。陪同我们的导游当然都用手机，问白马不丹早先对引入手机有没有限制和排斥？"没有啊，手机进来就进来了，这两年更加流行。"白马说。他用的就是金色外壳的苹果 6S 手机，新款。

可以上网的地方很多，可见政府对发展移动通信、扩大基础设施还是相当用心投入。这和当年不丹迟迟不愿开放电视和互联网的做法有很大的不同；因为担心对传统文化的冲击，不丹民众直到 20 世纪末才能合法收看有线电视和上网。

最不可思议的是，寺庙中的喇嘛也有许多用上了手机。2 月6 日，普那卡宗堡为小王子出生隆重举行法会，僧人云集。我在大殿对面的二楼走廊里遇到一群年轻的喇嘛，正等着召集。靠栏杆的长条凳子上并排坐着三个，每人都在专心摆弄自己的手机。接近法会开始时，越来越多喇嘛在大殿前聚集，好几个中年喇嘛用手机在打电话或查找什么。一会儿，一位身着紫色袍子的喇嘛挥动响鞭，催促众僧入殿。法会开始了，没多久，那位紫衣喇嘛从里面出来，手中拿着的不是鞭子而是手机，跑到大殿边上接打电话。

后来，在帕罗宗堡和一千多年历史的祈楚寺，也都看到法会一结束，从殿堂散出的大小喇嘛边走边看手机或者接打电话，有的干脆就找个地方坐下刷屏。

那天下午四五点钟来到帕罗宗堡，也就是梁朝伟和刘嘉玲举行婚礼的地方。正好里面出来一大群喇嘛，见到门口的游客就双手合十打招呼。有人要在台阶上同他们拍照合影，他们也都乐意答应。这时，一位年轻的喇嘛站停下来，就靠在大门门框上，在风中用藏红色的披巾裹住身体，脚上还穿着一双挺鲜艳的塑料拖鞋。他一手持着手机，一手摸着自己的脸颊，笑嘻嘻地看着周边的男女游客，那种神态给我很深的印象。我注意到他拿手机的左手无名指上戴着一枚金戒指，莫非他就是短期出家入寺的僧人，今后仍会还俗？

不管怎样，手机已经成为不丹寺庙里喇嘛日常生活的一部分，成为他们同外界连接的重要渠道，已是确定无疑的事实了。令我好奇的是，喇嘛们每天刷屏究竟看些什么？只看有关宗教信

仰的，还是也看世俗的东西？看哪种东西更多一点？那几天里我
没有机会问他们，也怕让他们尴尬。

　　不过，手机在不丹这样一个曾经长久封闭的国家究竟会起
到怎样的作用，会不会让千年传统加速风化瓦解，却是一个无法
回避的重大问题。尤其对不丹年轻人，他们和中国同龄人一样关
注苹果智能手机最新型号，也用手机连接上了整个外部世界。

普那卡宗堡里的僧人与手机

印象之六　烧把柴火过过瘾

　　来回经过普那卡，我们都住在山谷当中的丹萨天堂度假村。度假村一共才 24 间套房，由纯木建造。第一次住时，打开房门就闻到一股松木的清香，四周也围着松林。引起我兴趣的，还有餐厅外面平台上的两只高高的炉子，里面的劈柴正烧得噼啪作响，不用走近就可以感受到火光辐射出来的热量。是啊，离开皖南山区后，我已经三四十年没有烧柴火取暖了。

　　从普那卡去岗提的富吉卡山谷，那是我们打算过农历新年的地方。暮色当中，我们来到岗提贡派山庄（GANGTEY GOENPA LODGE）精品酒店，服务人员列队在门口迎候，为每个团友戴上哈达。进入大堂，不用安排，我们就都围着当中的大火炉坐下，享受着酒店特别提供的按摩服务，在温暖的火光前放松自己。

　　酒店一共 12 间客房，全都有对着山谷美景的大窗，浴缸就在窗前。但晚上我最想做的事情，不是热水泡澡，而是痛痛快快地"玩把火"。房间一侧是大床，对面长条沙发边旁就立着一只火炉，还有一大桶劈好的柴火。酒店人员告诉我们，房间里都有地暖，也可以请工作人员帮着点炉生火。晚餐后回到房间，马上动手。

酒店里可以俯瞰山谷的浴缸

炉子点着了，木柴里冒出的烈焰直往上面的烟囱里蹿腾。整个晚上都没有开灯，房间里只有炉门透出的火光，那是何等的舒适。闪烁的火焰又反射到窗户上，与外面雾中黑黝黝的山谷合为一幅奇特的图画。晒干的松木烧起来热量大，火势旺，不一会儿整个房间就变得特别暖和。我把桶里最后几根柴火添加到炉子里，看着它们燃着，蹿出火焰，又慢慢变成通红的炭火。在炉火余烬的微光与温热中，我不知道什么时候睡着了，很沉，直到天亮，外面鸟叫。

第二天是我们的大年夜。年夜饭后，大堂外面的空地上已经点着了一圈篝火。不丹朋友带着我们围着火堆又唱又跳，就跟咱们西藏地区跳"锅庄"一个样。接着，我们午夜时分穿行山村，前往千年古刹岗提寺，祈福迎新年。回到酒店已是年初一早晨两点钟了。

房间里的炉火早就熄灭，炉前桶子里的柴火还是满满的。不想这个时候还去麻烦酒店服务人员，不妨试试自己来点火。毕竟当年下乡到山区，每天过的就是烧柴的日子，也经常进山砍柴，还曾在深山沟里面过了一个秋冬的烧炭日子。只是不知过了那么多年，今天在不丹的酒店里还能不能把炉子生起来。

想了一下，第一步是找引火材料。先从炉子的灰烬里面捡出几块没有烧尽的木炭铺在底上，再从那桶柴火中挑出几根比较细小的，在木炭上方搭成一个三脚架。只靠火柴还点不着火，那就用一团手纸卷着十来根火柴放在木炭当中。先划一根火柴点着纸，纸引着那一小捆火柴，火柴杆又燃着木炭，炭火再烧着木柴。看着炉子里燃起明亮的火焰，一股成就感顿时在心中油然升起。新年到了，很温暖，真好！

印象之七　一匹小马的生与死

2月7日是咱们农历年的除夕，上午的行程是穿行富吉卡山谷。那是不丹有名的风景区，四面环山的一大片草原，也是黑颈鹤冬天的栖息地，位于喜马拉雅山南麓，海拔3000多米。沿途好几处都发现了黑颈鹤：有的成群结伴，起飞时人字形的队伍相当壮观；有的全家老小在农民翻耕后的土地里觅食，不急不忙，好像知道自己是受保护动物，不会受到当地居民的伤害。

顺着山坡往下行走，目的地为前方远处一座颇有来历的小寺庙，那里出产传统配方、手工制作的藏香。一路上天高云淡，风清气爽，十分怡人。碧蓝的天空，衬着山头的白塔和山坡的白色经幡，色彩对比强烈。远处的草原上散布着一些农舍、一些牛、一些马，还有一位赶牛的孩子。我们踩着木板铺成的小路前行，过了一道清澈得难测深浅的小溪——这儿的一切都是如此祥和，如此平安。

但一声马的凄凉嘶叫，打破了四周的宁静，也告诉我们脚下有着不测之险。就在我们经过的道路旁边不远，一头白鼻子白额头的棕黄色小马掉入了泥淖，后半身已完全陷了下去，前面两腿还露在外面拍打着。原来，我们行走的木板小径就铺设在一大片沼泽地上面，如果不经意或不小心滑落下去，也可能如眼前的这

陷入沼泽的小马

匹小马。想起当年中国工农红军过草地的情景，大概也就这样。

　　可怜的小马还在挣扎求生。它靠两只前腿撑住前半段身子，转动着腹部，用力想把左后腿先拔出来。几经努力，那条腿却只有一半露出到泥浆上面。它似乎已经用尽力气，挣扎了一会儿就侧躺着不动弹了，喘着气，还闭上了眼睛。也许，它已经感到绝望。我们能救它吗？用什么去救它呢？

　　到了前面的那座寺庙，等在那儿的导游问我们："那匹小马怎么样了？"他说村里到现在还没人出来，大概没救了。在如此绚丽的美景之中，难道一条鲜活的生命就这样要结束了？真悲哀啊！正当我们议论纷纷时，后面跟上的团友说，看到村子里的农民过来救它了。

解救陷入沼泽的小马

再后面的团友停下观看营救的全过程，还拍下了照片。相机中，三个农民拿着两根粗木棒过来，先用力把小马的两条后腿撬出泥潭，然后让它侧过身子，扯住它的左后腿用力拖了出来。逃脱死亡陷阱的小马站立起来，拖着仍然沾满泥浆的下半身，慢慢走开了。

在这个特别的日子里，一匹早几天还与我们相隔万千里的小马，却在我们眼前上演了生与死的一幕，也许是一种缘分？或许，正因为我们这些外来的客人在小马身边停下步子，叽叽喳喳惊动了村里的农民，导游也叫人去村里报信，他们才发觉自家的小马出事了。

印象之八　虎穴寺的下马威

　　年初不丹行时要选择的，是上不上帕罗的虎穴寺。虎穴寺建在悬崖之上，距离山脚有五六百米之高，七八公里长的山路时而陡直险峻，时而迂回曲折。而且都在海拔3000米以上，已经有点缺氧，比在别的地方登高艰难许多，尤其对我这样年近七十的老头。但我还是想试试。

　　这几年去了不少地方拍摄或旅游，我把攀山登高当作对自己的特殊体检。每年有那么一两次，如果能够爬上去，下来后也

通往虎穴寺的山路

没有什么不适反应，证明身体还可以。就像三四年前在挪威攀登
"布道石"那座山，还有2015年为纪念抗战胜利70年拍摄电视
专题《行走战场》，烈日中登上素有"小泰山"之称的太行挂云
山，都是如此。虽然膝盖软了许多，比年轻时上山下山速度慢了
许多，坚持一下还是能上虎穴寺的吧。

　　但还是要有自知之明，量力而行。上山的前面一段路可以
骑马，节省体力。10年前我在西藏林芝骑过马，那是在草原平
地，可以放开快跑；这次骑马上高山，得小心一点。不过这里提
供给游客骑乘的马都很温顺，个头不高，乖乖地排成一行前行，
一路就走早被它们踩踏得比较平软的那条小径，只有当看到可以
喝水的地方时才会有点争先恐后。

　　下马的地方就是游客休息中心，提供茶水。再往前山路变
陡，马匹无法载客上行，要去虎穴寺就得靠自己的两条腿了。别
以为已经走了一半路程，剩下的一半同前一半完全不是一回事，
那真是"下马威"啊！先是艰辛登攀直上几百米，等你喘着大气
以为已经到了山路的顶部，已经大功告成，却发现虎穴寺还在你
的对面，当中隔着深深的山谷。

　　我们不丹之行过了不久，英国威廉王子和王妃凯特也去了
虎穴寺。如果看过他们拍的那张照片，场景就是我现在所说的那
个地方。他们坐在一块石板上，旁边有一个小石塔。到那儿的每
个人都会在石板上坐下，以山谷那边的虎穴寺为背景拍照留念。

不同的是，我们去时，小石塔顶部还系着一条白色的哈达。

　　拍完照片，看来只有咬咬牙下到山谷底部去了。也不是所有的游客都会这样，几位来自美国的老太太看到我准备下去，纷纷称赞说："你厉害！"他们也都六十开外，决定就在这儿远眺虎穴寺的雄姿，不再前行。当然也有不服输的老人，一家九口来自美国的三代人，祖父看来比我年岁还大，依然毫不犹豫地继续行程。

　　下到谷底脚已经有点发软，休息一会儿再往上，一步一个台阶，这座世界闻名的寺庙就在上方，越来越近了。我一边喘气一边想，当年的莲花生大师肯定会骑虎飞腾，不然怎么会来到这

登虎穴寺

样的地方修行传法呢?

终于到了,我还行哪!随身带的瓶装水早就喝完了,看到旁边有些年轻的不丹人提着大红的热水瓶上山,以为也是带水路上喝,问了才知道里面装满了酥油,是献给虎穴寺的供奉。

上去了还得从原路下来,早先骑马上山的那些路,下山时也要靠步行。回到山脚下已经是下午一两点钟了,前后用了五六个小时。团友们已经在一片松林当中的空地用餐呢,我是倒数第二个下来的,还有一位只是走错了方向,找不到集合的地方。卸下背着的双肩包,发觉背包靠近身体的那面已经完全湿透了——被我的汗水。同样湿透的,还有身上的两件薄羽绒袄。坐在椅子上,吹着风,享受着筋疲力尽后放松的感觉,挺不错的。

登虎穴寺

印象之九　煞费苦心的美餐

到不丹旅游，对饮食不能有过高的追求。不丹是个佛教国家，国民多数吃素，而那儿的气候和水土似长不出很好的蔬果。供应酒店餐馆的肉食要从印度进口，冰冻为主，烹调不会过于考究。这反倒适合我这样的"饿食家"，玩累了吃什么都香，只是往往记不住吃了点什么。

但这次不丹之行倒对几顿餐食印象不浅。一次是我们中国人的年初二早餐。那天是不丹人的大年初一，我们所住的普那卡丹萨天堂度假村的餐厅专门安排了两种当地美食。一种是带点咸味的奶酪稀粥，另一种是里面有葡萄干和果仁的甜味炒饭，叫不出名字，但都很可口，令我对不丹饮食有了新的看法。

我们的年夜饭，安排在岗提那家精品酒店的大堂里，面对富吉卡山谷的暮色，身边是暖洋洋的炉火。有酒，啤酒为不丹本地产品，葡萄酒味道比较特别，记得是由印度陆军监制的。居然还有海鲜——专门为我们准备的大龙虾。不丹是内陆山地小国，这样的高档海鲜要靠进口，而且要预先安排。另外还有烤鸭，实在是出乎预料了！那是咱们众信奇迹的领队从北京带来的、正宗的北京烤鸭。来自马来西亚的大厨大概好久没有如此施展手艺，每道菜都做得很是用心。

大年夜盛宴

　　大年初二的晚餐也很特别、很中国。我们上午从普那卡出发，中午经过首都廷布，下午回到帕罗，晚饭由不丹当地旅行社的汤迦文先生安排吃火锅。我到现在也不清楚不丹人什么时候才知道世界上有这种餐食方式，反正眼前从炉具到食材都是中国来的，要把它们凑齐就一定煞费苦心。唯一不合作的是不丹的电力供应，四只电磁炉同时开足就吃不消，只能轮着来。

　　我们在不丹过年，当地朋友除了用心准备这些饭菜，还专门为我们在岗提古寺安排了午夜上香、新年法会、金刚舞和高僧诵经祈福等活动。我们还都收到一封"黄包"——不丹人崇尚黄色，"利是"用了金黄色的封包。谢谢了！新年快乐，和平吉祥，扎西德勒！

新年法会

印象之十　不丹最后的印象

告别不丹，从帕罗机场起飞，有什么最后的印象？我们与老国王的岳父岳母一家人同机，他们的女儿，也就是王太后（当今国王四个母亲中的一个）还登机送行，当然给我们带来意外和兴奋。另外，候机室比到达时热闹许多，有咖啡店，免税橱窗玻璃上还有"冬虫夏草"四个中文字。但给我印象最深刻的，还是帮我们办理登机手续的不丹航空公司小姐。

她们从来没有处理过行李从帕罗直接托运到中国北京或上海这样的事情，翻找了好一会文件，最后表示可以办。我们一边高兴，因为中转曼谷不需要再折腾行李了，一边也有点担心，她真的知道怎么办吗？会不会弄错转到别的什么地方去？那就听天由命吧。

飞机已经直上云霄，四五个小时就到了曼谷。到下一程的东方航空公司柜台办理中转，我们打听了一下行李的情况，说是已经送到。真不错，靠谱！

再见了，不丹！

特别鸣谢

纪泓序先生、徐俊文、王文莹夫妇提供部分摄影作品